dtv

Liebe und Ehe sind ein kompliziertes Geschäft. Die Bilanz ist oft nur mittelmäßig. Muss man es einfach nur häufiger versuchen? Oder gleichzeitig? Oder besser über die eigene Mutter nachdenken? Steckt in der »Ehefrau« nicht von Anfang an die »Ehemalige«, das einzig authentische Überbleibsel jeder Ehe? Wilhelm Genazino erzählt von einem philosophischen Helden, der beim verschärften Nachdenken jede Sicherheit verliert. Vielleicht muss der Mann die Probe aufs Exempel machen mit allen Frauen, die er im Leben kannte, und die Vergangenheit handfest bewältigen. Die Gelegenheit wird sich bieten.

Wilhelm Genazino (1943–2018) gehört zu den wichtigsten deutschen Gegenwartsautoren. Er arbeitete zunächst als Journalist, später als Redakteur und Hörspielautor. Als Romanautor wurde er 1977 mit seiner ›Abschaffel‹-Trilogie bekannt. Für sein umfangreiches Werk wurde er mit zahlreichen Preisen ausgezeichnet, darunter mit dem Georg-Büchner-Preis (2004) und dem Kleist-Preis (2007).

Wilhelm Genazino

Kein Geld, keine Uhr, keine Mütze

Roman

dtv

Von Wilhelm Genazino ist bei dtv außerdem lieferbar:
Ein Regenschirm für diesen Tag (13072)
Die Ausschweifung (13313)
Fremde Kämpfe (13314)
Die Obdachlosigkeit der Fische (13315)
Der gedehnte Blick (13608)
Mittelmäßiges Heimweh (13724)
Das Glück in glücksfernen Zeiten (13950)
Leise singende Frauen (14292)
Die Liebe zur Einfalt (14076)
Aus der Ferne · Auf der Kippe (14126)
Wenn wir Tiere wären (14242)
Idyllen in der Halbnatur (14328)
Tarzan am Main (14366)
Bei Regen im Saal (14466)
Außer uns spricht niemand über uns (14661)

MIX
Papier aus verantwortungsvollen Quellen
FSC® C019821

2019 dtv Verlagsgesellschaft mbH & Co. KG, München
Lizenzausgabe mit Genehmigung der
Carl Hanser Verlag GmbH & Co. KG, München

Umschlaggestaltung: Wildes Blut, Atelier für Gestaltung,
Stephanie Weischer, unter Verwendung eines Fotos von
plainpicture/Silveri
Satz: C.H.Beck.Media.Solutions, Nördlingen
(Satz nach einer Vorlage des Carl Hanser Verlag)
Druck und Bindung: Druckerei C.H.Beck, Nördlingen
Printed in Germany · ISBN 978-3-423-14715-6

Kein Geld, keine Uhr, keine Mütze

I

Die Ankündigung eines Straßenfests bedeutete, dass die in einer Einkaufsstraße ansässigen Bäcker, Metzger, Juweliere, Optiker, Apotheker und so weiter für einen Tag ihre Geschäfte verließen und auf der Straße Holzbuden aufstellten und ihre Bratwürste, Vollkornbrote, Sonnenbrillen auf Holztischen verkauften, vieles etwas billiger als sonst. Andere Geschäftsleute verschenkten kleine Artikel, die sie das Jahr über nicht hatten verkaufen können. Ich gehörte zu den vielen Herumstreunern, die nicht recht wussten, was sie hier zu suchen hatten. Viele Streuner langweilten sich, andere verbrachten hier ihre Mittagspause, wieder andere ließen sich von dem Getümmel ein wenig abschrecken, um mit einem guten Grund an ihre Schreibtische oder Computer zurückzukehren.

Ich dagegen betrachtete dicke Frauen mit Schürzen, Prospektverteiler, bewaffnete Polizisten, Kinder und herausgeputzte Mütter, die an normalen Tagen nicht geschminkt, nicht neugierig und nicht guter Laune waren. Da und dort spielten unbekannte Pop-Gruppen auf erhöhten Podien und versuchten, außerordentliche Augenblicke zustande zu kriegen. Ich stand unter einem Sonnenschirm, betrachtete Rentner, welke Blätter, nasse Taubenfedern, Gummiflitschen, von Erstklässlern verlorene Schwämme. Manches Herabgefallene hob ich auf, drehte es um, schaute es an, trug es eine Weile mit mir herum und legte es an einer anderen Stelle wieder ab. Ich sah Leute, die ich nur wenig kannte und mit denen ich nicht unbedingt sprechen wollte, ich wich ihnen aus, weil ich mir nicht sagen lassen wollte, was ich mir ohnehin selbst dachte. Es erstaunte mich nicht, dass ich nach etwa einer halben Stunde meine ehemalige Ehefrau entdeckte, wobei mir zum ersten Mal auffiel, dass in dem Wort ›ehemalig‹ das Wort ›Ehe‹ aufgehoben ist, was ich gut gelaunt so deutete, dass in jeder Ehe ihre zukünftige Ehemaligkeit schon angekündigt sei. Meine ehemalige Ehefrau schien, ebenso wie ich, keine besonderen Absichten zu verfolgen. In der Formulierung ›ehemalige Ehefrau‹ steckte auch die gewesene Ehefrau, und darin wiederum blitzte die Liebesverwesung auf, das einzig authentische Übrigbleibsel jeder Ehe. Ich meinte, sofort fliehen zu müssen, wozu ich jedoch zu feige und zu umständlich war. Da erkannte sie mich und kam sogleich auf mich zu. Wir begrüßten uns erstaunlich freundlich, sogar froh, als wäre unsere Ehe unterhaltsam gewesen. Oft fiel mir nicht auf, dass sich in meinem Bewusstsein an die Stelle der früheren Ehefrau mehr und mehr meine Mutter geschoben hatte. Und wer gleichzeitig gegen die Gespenster der Ex-Frau und der Mutter kämpft, hat den Kampf meistens schon verloren, noch ehe er begonnen hat. In meinem Kopf schwirrte jetzt gar zu heftig die Formulierung ›ehemalige Ehefrau‹ herum. Ich wollte überlegen, warum sich so viele ehemalige Ehepaare von diesen zwei Worten nicht hatten abschrecken lassen, da küsste mich Sibylle, so hieß meine ehemalige Ehefrau, auf beide Wangen, und gab damit (glaubte ich) zu verstehen, dass sie für erotisches Herumproblematisieren nicht in Stimmung war.

Wohnst du hier in der Gegend? fragte sie.

Ja, sagte ich, durch Zufall bin ich hier gelandet.

Das ist wahrscheinlich das Beste, sagte Sibylle, wenn man schon ohne besondere Absichten lebt.

Ich staunte über diese Formulierung, die nicht auf meinem Mist gewachsen war.

Sibylle bemerkte meine Nachdenklichkeit und sagte: Man verbringt sein Leben in diversen Gegenden mit diversen Männern und Frauen und stirbt dann in irgendeiner diversen Wohnung.

Jetzt musste ich lachen.

Ich muss mich beeilen, sagte sie, ich habe einen Termin bei meiner Schneiderin.

Oh! machte ich; eine Schneiderin hast du neuerdings?

Auf diese Frage ging Sibylle nicht ein. Wollen wir uns nicht wieder mal sehen? fragte sie stattdessen; lebst du allein?

Sibylle war mir zu neugierig und zu direkt, aber so war sie immer. Mein Interesse an ihr war deutlich geringer als umgekehrt. Als ich etwas zu lange schwieg, sagte sie: Ich bin neugierig auf alles, sogar auf deine Möbel, deine Unterwäsche und alles.

Ich lachte erneut und trat dabei einen Schritt von ihr zurück, was sie leider bemerkte.

Also! rief sie, tschüss!

Bleib misstrauisch, sagte ich.

Daraufhin küsste sie mich erneut.

Dann war sie weg. Dass sie zu einer Schneiderin musste, verwunderte mich. Es war möglich, dass sie mich (wie früher) angeschwindelt hatte. Sie hatte nicht das, was Frauen eine Problemfigur nennen – und wofür sie das Fachwissen einer Schneiderin gebraucht hätte. Sie war schlank, seit ich sie kannte. Wahrscheinlicher war, dass sie das Herumsuchen nach Kleidern in Kaufhäusern satthatte. Ich stand eine Weile herum und fragte mich, ob *ich* auf Sibylle noch einmal neugierig werden könnte. Das war nicht der Fall. Wahrscheinlich unter dem Einfluss einer traurigen Anmutung (kein Verlangen mehr nach Sibylle) ging ich rasch nach Hause und putzte meine Wohnung. Ich fragte mich, was muss weggeräumt, weggeworfen, verhüllt, verbrämt, verborgen werden? Gerade entdeckte ich, dass sich auf der Marmelade, die im Glas auf dem Tisch stand, ein wenig Schimmel gebildet hatte. Es war unwahrscheinlich, dass meine gewesene Ehefrau je ein Marmeladebrot essen wollte, aber ich wollte kein Risiko eingehen und entfernte das Glas. Mein Blick fiel auf einen verschlissenen Pulli, den ich nur am späten Abend trug und in dem ich manchmal auch schlief, wenn ich zum Ausziehen zu müde war. Auch ihn räumte ich weg. Ich musste innerlich lachen über meine weit vorausschauende Fürsorge.

Da fielen mir die Vögel auf, die in den Bäumen herumschwirrten und sich wahrscheinlich überlegten, wo sie noch hinfliegen konnten. Denn überall, wo sie sich niederließen, waren sie schon oft gewesen. Aber dann fiel mir ein, dass Tiere das Problem der Langeweile nicht kannten. Vögel stehen nicht wie Menschen auf Straßen herum und überlegen, wo sie denn jetzt noch hinfliegen können. Ein paar Meisen vollbrachten kleine Kunststücke. Sie flogen direkt auf Hauswände zu und konnten sich mit ihren kleinen Krallen festhalten, wenn auch nur kurz. Die Unmenge vertrauter Anblicke war dagegen, dass ich noch einmal auf die Straße ging. Mein Überdruss machte mich ratlos und flößte mir ein wenig Angst ein. Es gab in diesem Stadtteil keinen Springbrunnen, keinen Palast aus dem achtzehnten Jahrhundert, keinen Paternoster in einem Krankenhaus, das in den Kriegen nicht zerstört worden war, sondern es gab fast nur Autos, vollgestellte Parkplätze und gelegentlich einen Polizisten, der der Anblicke überdrüssig war.

Wahrscheinlich war es kein Zufall, dass mir gerade jetzt meine tote Mutter einfiel. Ich hatte von ihr nicht nur das Gefühl der Unwissenheit und der Ödnis geerbt, sondern sie hatte mir die Überzeugung der ewigen Ratlosigkeit eingepflanzt. Als ich Kind war, hörten wir nachmittags öfter ein Radiokonzert. Immer mal wieder wurde ein Divertimento von Mozart gesendet. Ich war sicher, dass sie nicht wusste, was ein Divertimento ist. Sie hörte es an, genau wie ich, und störte sich nicht an ihrem Unwissen. Bald darauf (ich war immer noch Schüler) ließ ich mir zum Geburtstag ein Fremdwörterbuch schenken und las, dass Divertimento nichts weiter war als ein Ausdruck für ein »unterhaltsames Stück«. Ich ging mit dem Finger im Fremdwörterbuch zu meiner Mutter und wollte ihr vorlesen, was ein Divertimento ist. Sie wandte sich ab und nahm ihr Strickzeug in die Hand. Auch mein Vater wollte nicht wissen, was ein Divertimento ist. Wenn er mit Zeitunglesen zu Ende war, legte er das Blatt zusammen und sagte manchmal einen Vers: So ist es halt, wenn ein Furz knallt, dann stinkt's halt. Meine Mutter störte sich weder an dem Vers noch an den Geräuschen des Vaters. Meine Eltern hatten sich von langer Hand aneinander gewöhnt und waren nicht bereit, sich im Alter noch Vorhaltungen zu machen, mit denen sie vor etwa vierzig Jahren hätten anfangen müssen. Ich lief ohnehin oft diese schon lange erschöpften Straßen entlang. Überall sah ich diese vielen Alten, die arbeitslosen Jugendlichen, die wahrscheinlich dumpfen Motorradfahrer, die schlichten Polizisten. Alles, was ich sah, wurde mir zur Klage. Ich wusste, an welchen Häusern die Türen offen standen. Und ich musste es mir abgewöhnen, in die Hausflure zu schauen und mich über die übergroßen Plastikmülleimer zu ärgern. Manchmal blieb ich sogar stehen und sah mir die Mülleimer mit einer Genauigkeit an, für die ich keinerlei Verwendung hatte. Ich konnte über alles nachdenken, über Hausflure und Mülleimer jedoch nicht.

Ich wollte Sibylle nicht wieder treffen, aber ich wollte nicht, dass sie das merkte. Je tiefer ich in das Leben von Sibylle eindringen würde, desto klarer würde mir auffallen müssen, dass sie gerettet werden wollte und dass sie vermutlich schon lange glaubte, dass sie *von mir* gerettet werden wollte. Sibylle wohnte wegen der überteuerten Mieten in der Stadt in einem Nest zwischen Frankfurt und Wiesbaden. Sie hatte mir den Namen des Weindorfes schon öfter gesagt, ich hatte ihn jedes Mal vergessen. Jetzt musste sie täglich (außer am Wochenende) mit der S-Bahn hin- und herfahren und gab dafür das Geld aus, das sie bei der Miete sparte. Auch darüber redeten wir nicht. Vorerst musste ich verhindern, dass sie in *meine* Wohnung kam. Ich fühlte, dass sie ausgehungert war und gegen einen Sexualimbiss mit ihrem Ex-Mann nichts einzuwenden hatte. Mit Genugtuung merkte ich, dass der Fahrstuhl kaputt war. Das war weder neu noch selten, aber weil gerade Samstag war, begrüßte ich den Zwischenfall. Außerdem würden die Fahrstuhltechniker frühestens am Montag erscheinen können. Ängstliche

Mieter überlegten fünfmal, ob sie aus dem fünften Stock die Treppen hinabgehen sollten, weil sie dann mit vollen Taschen wieder nach oben klettern mussten. Also blieben sie lieber ein Wochenende ganz zu Hause und begnügten sich mit den Resten aus dem Kühlschrank. Der tote Fahrstuhl hatte zur Folge, dass die Leute an einem Wochenende endlich die Ruhe fanden, die ihnen schon in der Bibel versprochen worden war. Und obwohl Wochenende war, verlor ich auch dieses Mal nicht das Gefühl der inneren Verletztheit. Zum hundertsten Mal setzte ich mich auf einen Küchenstuhl und überlegte, wie ich die endlose Wiederholung des Ihr-habt-euch-an-mir-vergangen-Gefühls beenden konnte. Ich wusste nicht einmal, woher dieses Gefühl überhaupt kam, beziehungsweise wovon es ein Rest war. Ich hatte natürlich eine lausige Kindheit hinter mir, aber erstens lag diese Kindheit schon eine Ewigkeit zurück, und zweitens hatte heutzutage fast jeder Zweite mit einer trübsinnigen Kindheit zurechtzukommen. Ich nahm an, dass die große Mehrheit der Kindheitsverletzten ihre Kränkung vergessen hatte. Aber worin genau lag die Außerordentlichkeit meines viel zu lang anhaltenden Schmerzes? Und wie kam es überhaupt, dass ich immer noch – und immer zu lang – von diesem Schmerz reden musste? Es kam mir ungewöhnlich vor, dass mir beim Anblick des toten Fahrstuhls mein untoter Schmerz eingefallen war.

Denn ich wollte auf keinen Fall vom Tod überrascht werden. Und doch begann ich, mich herauszuputzen, damit ich auf den Tod einen guten Eindruck machte. Ich überlegte, dass ich vier Fünftel meiner Wohnungseinrichtung verkaufen könnte. Es sollten nur diejenigen Möbel zurückbleiben, die ich zum Leben wirklich brauchte. Auch wollte ich mich endgültig von Frauen verabschieden, mit denen ich früher zusammen gewesen war. Wobei ich nicht einmal wusste, ob die eine oder andere Frau, an die ich mich noch immer erinnerte, überhaupt noch am Leben war. Einige Sekunden lang fand ich es schändlich, dass ich zu diesen Frauen über Jahrzehnte hin keinen Kontakt gesucht hatte und deswegen nicht wusste, ob die eine oder andere inzwischen tot, verheiratet oder geschieden war. Mir fiel nur ein, dass mir Margot, Siglinde und Waltraud über viele Jahre hin noch Geburtstagskärtchen geschickt hatten. Aber auch ältere Geburtstagskarten waren kein sicherer Hinweis, ob die Absenderinnen noch lebten oder ob die Karten womöglich das letzte Zeichen ihres Lebens waren. Durch diese plötzliche Einsicht erlitt ich eine Art Selbsteinschüchterung, die sowohl deprimierend als auch belebend war. Sie verknüpfte mich mit zahlreichen Details des wirklichen Lebens, die in meinem Kopf abgelagert waren.

Die Zahl der Männer, die Mülltonnen öffneten und nach Nahrungsmitteln suchten, war inzwischen fast so groß wie die Zahl der Männer, die die Mülltonnen berufsmäßig leerten und sich deswegen von den Obdachlosen schief ansehen lassen mussten. Schon wieder war ich in eine Grübelei versunken: Kann man eine Frau zum zweiten Mal kennenlernen? Und: War ein zweiter Versuch vielleicht sogar nötig, weil ich nicht bemerkt hatte, dass der erste Versuch misslungen war? Ein kleiner Lieferwagen fuhr vorüber, auf dem drei Worte standen: Schädlingsbekämpfung Schimmelbeseitigung Taubenabwehr. Ich hätte nie eine Frau gefragt, ob sie eine Nacht mit mir verbringen würde oder so ähnlich. Ich hatte meistens so getan, als würden die kommenden Ereignisse ohnehin auf dieses Ergebnis zusteuern. Im Vorübergehen betrachtete ich alte Leute, die nicht mehr gut hörten. Früher hatten sie eine Hand hinter ein Ohr geschoben zum Zeichen, dass man mit ihnen deutlicher und langsamer reden musste. Dann bogen sie mit der Hand die Ohrmuschel ein wenig nach vorne. Heute hatten schlecht hörende Menschen ein auffälliges Hörgerät. Man sah es am Kabel, das ihnen am Ohr hing oder um das Ohr herumgeführt war, was bei nicht wenigen Alten grotesk aussah, weil sie insgeheim an einen Apparat angeschlossen schienen. Ich fürchtete mich schon vor dem Augenblick, wenn Sibylle entdeckte, dass ich auch beim fünften und sechsten Treffen stets dieselbe Hose trug. Dabei war es mein Traum, mit einer einzigen Hose und einer einzigen Frau durchs Leben zu kommen. Zurzeit wusste ich nicht, wer ich war und was aus mir werden sollte. Ich war schon dreimal gescheitert, verteilt auf elf Jahre, einmal als Bibliothekar, dann als Wertpapierhändler und zum Schluss als Provinzredakteur. Ich hatte mehrere Frauen, mehrere Wohnungen, mehrere Berufe, mehrere Hosen, aber immer noch keine Zukunft. Wöchentlich fragte ich mich, welcher Beruf der nächste sein würde. Täglich lief ich aufmerksam durch die Gegend, um alle Zeichen zu sehen, aber ich war zwischendurch entweder blind oder schläfrig oder unfähig. Eine kleine Ratlosigkeit trieb mich noch einmal in die Kaufhäuser. Ich setzte mir innere Termine, um mich zu zwingen, zu brauchbaren Vorstellungen meines Lebens zu gelangen. Aber leider waren meine inneren Verhältnisse vollkommen unanschaulich. Ich hatte mich auch schon mehrfach gewarnt, aber Warnungen richteten bei mir nichts aus.

Zugleich war eine bösartige Angst in mir gewachsen: dass ich mich am Abend wieder vom Leben verletzt fühlen würde. Ich setzte mich in ein mir vertrautes Lokal, um über das Problem der nicht totzukriegenden Verletztheitseinbildung nachzudenken. Ich dachte nicht nach, sondern entdeckte nach einer Weile eine Motte auf meinem an der Garderobe hängenden Mantel. Ich wollte sie sofort erledigen, aber sie entkam mir ins Innere des Mantels. Zweimal öffnete ich den Mantel, als ich an der Garderobe vorbeiging (Toilette), aber ich kam an die Motte nicht mehr heran. Ich saß schon eine Weile in dem Lokal und hatte immer noch nicht bemerkt, dass ich meine Mütze nicht abgelegt hatte. Zum Glück wusste ich, dass man hier wegen einer Mütze auf dem Kopf nicht des Lokals verwiesen wurde. Um mich herum saßen ganz andere Leute, die ebenfalls Hüte und Mützen trugen und nicht ihre Mäntel abgelegt hatten und Spaghetti verschlangen und dabei Zeitung lasen. Ein älterer Mann verzehrte eine Pizza und hielt die ganze Zeit mit der rechten Hand seinen Stock fest. Ich sah zum Fenster hinaus und beobachtete scheiternde Kinder, die auf der Straße spielten. Ein besonders hartnäckiges Kind lief mit einer Brezel in der Hand einer Taube nach. Das Kind wollte die Taube füttern, aber das Tier rannte immer wieder weg. Nach einer Weile aß das Kind seine Brezel selber und wurde dabei ein wenig melancholisch.

Nach einer Weile tauchte die Mutter auf und führte das Kind weg. Sie hatte die Trauer ihres Kindes bemerkt und quälte es auch jetzt nicht mit überflüssigen Fragen. Ich musste nach Hause, ich musste sofort aufs Klo, ich musste mir die Nase putzen, ich musste mich hinlegen, ich musste mir den Schweiß von der Stirn wischen, ich musste meine frühere Frau anrufen, ich musste einen guten Eindruck machen. Ich ging nicht nach Hause, ich ging nicht aufs Klo, ich putzte mir nicht die Nase, ich legte mich nicht hin, ich wischte mir nicht den Schweiß von der Stirn, ich rief meine frühere Frau nicht an, ich machte keinen guten Eindruck. Dabei fühlte ich deutlich, dass ich mich in einer Art Liebesbereitschaftsdienst befand. Das Scheitern beginnt, wenn ein Mensch die Menge dessen entdeckt, von dem er nie hatte etwas wissen wollen. Es müsste erlaubt sein, zum Studium neu eingetretener Verhältnisse so viel Zeit zu haben, wie diese selbst bis zu ihrem ersten Auftritt gebraucht haben. Ich erinnerte mich an Sibylle, wenn sie nackt im Sessel lag. Ihre Brüste waren breit geworden, fast fladenartig, ich wusste oft nicht, ob ich hinsehen sollte oder nicht. Einmal war ich im Museum gewesen und hatte auf einem Bild eine ähnlich in einem Sessel liegende nackte Frau gesehen. Auch sie hatte breite, flach gewordene Brüste; ich war stehen geblieben und wunderte mich, dass ich auch vor dem Bild Schuldgefühle hatte. Ich fragte mich erneut, ob meine Ex-Frau ahnte, wie stark ihr Eindruck auf mich war. Im Vorraum des Museums sah ich eine Frau, die an ihrer linken Seite kurz ihren Pullover hob und sich eine Insulinspritze in die Hüfte versetzte. Später, als ich viele einzelne Tauben sah, leuchtete mir plötzlich das Wort ›Taubenabwehr‹ ein. Ich war jetzt dankbar für das Wort, ohne dass ich weder die Tauben noch ihre Abwehr verstanden hätte.

Meine Tage waren reglos und still. Ich blieb vor dem Schaufenster eines Reisebüros stehen und las die Reise-Sonderangebote nach Buenos Aires, Schanghai, Kalkutta,

Montevideo. Ich wollte gern nach Odessa reisen, aber Odessa fehlte in diesem Sonderangebot. Leider hatte ich es bis jetzt nicht geschafft, all diese Städte zu besuchen. Aber meine Einbildung, in Wahrheit schon dort gewesen zu sein, war stark. Wenn ich gut in Form war, sagte ich vor anderen Leuten: Als ich vor zwei Jahren in Odessa war, habe ich im Hafen der Stadt einen billigen Papagei gekauft und habe ihn wenig später einem armen Schulkind geschenkt. Ich war in solchen Augenblicken überzeugt, dass ich tatsächlich in Odessa gewesen war, sogar mehrmals. Ich erzählte von Händlern, Schwindlern, armen Prostituierten, vom Hafen bei Nacht und von der Melancholie der Verkommenheit. Diese Aufschneiderei war von meiner Mangel-Kindheit übriggeblieben. Ich konnte als Kind nicht fassen, dass meine Eltern arme Leute waren. Wir trugen ältliche, schon oft gewendete Kleidung, wir aßen das Brot von gestern, wir kratzten uns nachts, wenn uns die ungewaschene Bettwäsche juckte, wir schwitzten im Sommer in dicken Mänteln, weil wir nicht einmal wussten, dass es sogenannte Übergangsmäntel gab. Und wir mussten dankbar sein, dass wir es nicht wussten, denn die Anschaffung von Übergangsmänteln hätte uns in kurzer Zeit in den Familienkonkurs gestürzt.

Nach dem Ende meiner inneren Ausschweifung verstand ich plötzlich, dass der Schreck eine Belebung war. Jetzt blieb ich auf der Straße stehen und überlegte, was ein Schreck ist. War der Schreck nur die Entdeckung, dass ich zu wenig in der Welt herumgekommen war? Oder die Routine, mit der ich meine Mängel beschrieb? Oder die unglaubliche Bescheidenheit, mit der ich mir die eigenen Defizite verzieh? Das Nicht-Reisen ließ ein Schuldgefühl zurück, das mich rasch zu quälen begann. Auch der bisher nicht zustande gekommene Rückruf bei meiner Ex-Frau piesackte mich. Ich überlegte, was ich sagen sollte (könnte), wenn *sie* anrief. Auf dem Weg zurück in die Wohnung wusste ich nicht, ob ich die vielen Menschen, an denen ich vorüberging, anschauen sollte oder nicht. Die Leute mit ihren Hunden und Handys, mit ihren Rennrädern und Plastiktüten, Sturzhelmen und Skateboards, mit ihren Bierdosen in der Hand und Stöpseln in den Ohren – musste ich mir das alles anschauen? Die inzwischen eingetretenen Verhältnisse waren so, dass ich mich als Fremder fühlen musste. Dabei ist Entfremdung nichts anderes als eine von Menschen schwer erkennbare Verschiebung der Verhältnisse. Begann das Scheitern in dem Augenblick, wenn ein Mensch seinen Blick abwendet? Ich beobachtete Leute, die ihren Sakko erst im Auto anzogen. Schon wieder empfand ich einen Schmerz ohne den geringsten Hinweis, wo ich den Grund des Schmerzes suchen könnte. Ich betrachtete ein Kind mit einem Holzschwert, das gegen einen Baumstamm kämpfte. Ich blieb (wie so oft) eine Weile auf der Straße stehen und wartete hoffend, dass sich der Schmerz während des sinnlosen Herumschmerzens zu langweilen begann und dann von selbst verschwand. In einer nahen Gartenwirtschaft haute eine kleine Frau mit ihrer kleinen Faust mehrmals auf den Tisch. Die Männer um sie herum lachten über ihre törichte Faust. Ich empfand Lust, mich eine Weile an den Tisch der Frau zu setzen und ihre kleine Faust näher anzuschauen. In wenigen Augenblicken kippte die Dreistigkeit der Frau ins Komische, was die Frau nicht zu bemerken schien. Es fiel ihr vielleicht auf, dass ihre auf den Tisch niedersausende Kinderfaust außer mir niemand erstaunlich fand, allerdings auch nur kurz. Als ich in meine Wohnung zurückkehrte, sah ich, dass auf dem Küchentisch zwei Hände voll Bargeld (Münzen und Papiergeld) aufgehäuft lagen. Ich war einen Moment lang erschrocken, dann fiel mir wieder ein, dass ich das Geld selbst auf dem Tisch ausgestreut hatte, um mir einen heiteren Anblick bei der Heimkehr zu sichern. Eine kleine, vorzeitige Erschöpfung trieb mich ins Bett. Etwa eine Stunde lang lag ich einschlafbereit da, aber der Schlaf kam erst später.

2

Es war problematisch geworden, in der Gegend umherzustreifen. Entweder ich begegnete meiner Ex-Frau, oder ich dachte übertrieben lang an meine Eltern. Meine Eltern waren schon so lange tot, dass ich mir sogar vorstellte, ich hätte nie Eltern gehabt. Noch schlimmer war die Phantasie (der Einfall), meine Verwandten hätten mir als Kind zwei alte Leute vorgestellt und zu mir gesagt: Das sind deine Eltern, sei gut zu ihnen, du wirst sie später noch brauchen. Manchmal glaubte ich sogar, dass ich mich noch heute vor meinen Eltern verbergen müsste. Deswegen war ich mindestens einmal pro Monat überzeugt, dass ich mir ein Versteck suchen musste. Natürlich wollte ich mich nicht wirklich und nicht für immer verbergen; ich brauchte (suchte) nur eine Art Höhle, die mich aufnehmen würde, wenn ich die Wirklichkeit keinen Tag länger aushalten und nicht einmal mehr anschauen konnte. Ein großer Vorteil meines bisherigen Lebenswandels war, dass ich mich keines Vergehens im juristischen Sinn schuldig gemacht hatte. Darin lag der Grund, warum ich nicht verfolgt wurde, schon gar nicht von der Polizei oder einer Behörde. Leider hatte dieser Vorteil auch einen Nachteil: er machte mir bewusst, dass ich selbst nicht sagen konnte, *warum* ich verborgen bleiben wollte. Schon die drei letzten, von mir gedachten Sätze waren derartig vertrackt, dass ich sie nicht vollständig durchschaute. Allerdings musste ich auch über sie lachen: Deine Sätze sind so undurchschaubar wie du, dachte ich, und damit war der Fall erledigt.

Es war, als würden die Straßen mein Innenleben schon so lange kennen und mir deswegen raten, nicht viel Wind von diesem Innenleben zu machen. Ich kam an einer öden Straßenbahn-Haltestelle vorbei und empfand Lust, mir einen neuen, attraktiven Namen für sie auszudenken. Ich brauchte nicht lange, dann fiel mir als neuer Name »Ewiger Mangel« ein. Wie schön wäre es, wenn der Straßenbahn-Führer die Haltestelle Ewiger Mangel ausrufen würde. Ich wollte mir die Namen weiterer schöner Haltestellen ausdenken, aber es fielen mir keine mehr ein. Stattdessen blickte ich den Leuten in die Gesichter und überlegte, ob sie an ewigem Mangel litten oder nicht. Nach meiner Einschätzung litten sie so heftig und regelmäßig, dass der Mangel überhaupt nicht mehr aus ihren Gesichtern wich. Ich empfand Trauer darüber, dass ich so heftig an Sibylle dachte, allerdings nur abstrakt, das heißt, ich rief kurze Erinnerungsfilme aus meinem Gedächtnis ab. Aber diese Art der mutwilligen Wiederholung war fast wirkungslos. Die Austreibung der Filme gelang nicht, im Gegenteil. Die Erinnerungen wehrten sich gegen ihre Absetzung und zeigten sich deshalb noch öfter als zuvor.

Zur Abwechslung dachte ich an meine Mutter. Sie beobachtete mich ebenfalls viel zu heftig und stellte fest (da war ich etwa vier Jahre alt), dass ich schon als Kind scheiterte wie ein Erwachsener. Sie sagte tatsächlich: Unser kleiner Knirps kann immer noch nicht richtig Pipi machen. Oder sie sagte: Unser Feuerwehrmann hat schon wieder danebengespritzt. Ich verstand nicht, was ich mit der Feuerwehr zu tun hatte, aber das schien nicht schlimm zu sein, denn ich verstand vieles nicht, was ohne Folgen blieb. Ich wollte sowieso Kind bleiben. An den Beispielen meiner Eltern konnte ich sehen, dass vom Leben der Erwachsenen keine große Verlockung ausging. Ich fürchtete schon, eines Tages würde ich eine Frau finden, die meiner Mutter sehr ähnlich sein würde. Das heißt, meine Frau würde ebenfalls meine Partei ergreifen, und sei es ganz still wie meine Mutter. Mit dieser zu erwartenden Regelung war ich schon als Kind nicht einverstanden. Wie kann ein Mensch sein Leiden fast jesusmäßig hinnehmen und auch noch behaupten (denken), der Herr werde den Missetätern verzeihen.

Schon seit etwa drei Jahren wollte ich mir einen Anzug oder ein Jackett kaufen, außerdem eine oder zwei Hosen, zwei Paar Schuhe, dazu Strümpfe und Unterwäsche. Aber ich hatte auch jetzt zu wenig Antrieb, wirklich dieses oder jenes Kaufhaus zu betreten. Das heißt, ich kam bis zu diesem oder jenem Eingang eines Kaufhauses, dann aber, oft direkt an der Schwelle, lähmte mich die Empfindung, überfordert zu sein. Immer öfter dachte ich, dass mir nicht zu helfen sei. Bald würde mich ein fremder Abgesandter besuchen und mir an der Wohnungstür erklären, dass mich die menschliche Gemeinschaft nicht länger ertragen könne. Sibylle klagte oft über Langeweile und Selbstverödung. Darin sah ich ein Verlangen, mehr in sich aufzunehmen als das tägliche Gerede der allzu täglichen Menschen. Ich kaufte ihr zwei Taschenbücher: »Almayers Wahn« von Joseph Conrad und »Der Fremde« von Albert Camus. Sibylle nahm die beiden Bücher überraschend gut auf und las sie ohne Verzug. Ich hatte vorschnell angenommen, sie würde jetzt in eine Buchhandlung gehen und sich weitere Bücher dieser und anderer Autoren besorgen. Das geschah jedoch nicht. Sie fragte mich auch nicht nach weiteren Titeln. Der eigentliche Tiefenschreck erreichte mich ein paar Tage später. Sibylle erinnerte mich immer öfter an meine Mutter. Auch sie, meine Mutter, erwachte zuweilen aus ihrer inneren Verlassenheit und sehnte sich plötzlich nach mehr Bildung, weil sie sich mit der Antike vertraut machen wollte oder wenigstens nach einem tieferen Begreifen des Immer-schon-Gewussten. Weit gefehlt! Sowohl meine Mutter als auch Sibylle enttäuschten mich. Meine Mutter griff schon drei Tage später nach ihrem Strickzeug – und der alte Alltag war wieder da. Ich war gespannt (nein, ich war nicht gespannt), worauf Sibylle zurückgreifen würde.

Nachts, wenn ich im Bett lag und nicht schlafen konnte, starrte ich oft an die Decke und hoffte, dass ich dabei endlich müde würde. Dabei sah ich manchmal an der Decke einen kleinen Käfer entlanglaufen. Ich beobachtete das Tier ein paar Minuten, aber dann fühlte ich mich belästigt. Das Tier ekelte mich. Ich verließ das Bett und wartete, bis der Käfer an der Wand so weit heruntergekommen war, dass ich ihn mit einem Papiertaschentuch würde entfernen können. Aber dann war das Tier plötzlich weg. Ich suchte die Zimmerdecke und die Wände ab, vergeblich. Aber ich ärgerte mich nur leicht, weil ich bemerkt hatte, dass ich mit dem Käfer auch sympathisierte. Er war ein Vorbild für meinen tiefsten Wunsch: er wollte spurlos und unentdeckt verschwinden. Schon wieder fürchtete ich mich vor dem überraschenden Besuch eines fremden Mannes. Vermutlich hatte ich ihn nie zuvor gesehen, und er drohte mir schon nach wenigen Minuten mit Konsequenzen. Sie sind ja völlig ahnungslos, sagte der Mann und verabschiedete sich. Ich werde mir erlauben, in etwa drei Wochen wieder bei Ihnen zu klingeln. Darauf sagte ich nichts mehr.

Dass mir der Mann Angst gemacht hatte, merkte ich daran, dass ich wenig später die Wohnung putzte und die Waschbecken in Küche und Bad reinigte. Besonders widerspenstige Flecken rieb ich mit einem Spezialmittel weg, ebenso Chromteile, Wasserhähne, Haltestangen, die Brause und die Abflüsse. Als ich mit der Arbeit fertig war, sagte ich zu mir: Jetzt kann er kommen. Wenig später fürchtete ich, verrückt geworden zu sein. Da mir aber auch diese Angst durch häufige Wiederkehr vertraut war, konnte ich auch sie nicht mehr ernst nehmen. Ich vergaß sie, jedenfalls vorübergehend, einen halben Tag lang, nicht länger. Der Einsatz meines Allheilmittels: schnell auf die Straße gehen und mich zerstreuen, war diesmal nicht nötig. Es juckte mich zwischen den Fingern. Wie bei fast allen Leuten, die zu viel erlebten, liefen meine Hände und mein Gesicht rot an. Wenig später dachte ich ohne Absicht schon wieder an Sibylle. Die Wiederkehr solcher Erinnerungsreste war nach einer Ehe wahrscheinlich normal. Das Blut in meinen Händen und in meinem Gesicht verschwand wieder. Dabei waren meine Erinnerungen keineswegs so gut, wie ich oft annehmen wollte. Ich wusste zuweilen nicht mehr, was zwischen uns passiert war, und ich wollte es auch nicht (mehr) wissen. Ich nannte dieses Phänomen das angenehme Verlassenwerden von der eigenen Lebensgeschichte. Ich stand am Fenster und betrachtete Männer auf der Straße, die morgens das Haus verließen, in den nahen Supermarkt gingen, sich am Automaten einen Becher Kaffee abfüllten und mit diesem in ihre Wohnung zurückkehrten. Ein solcher Mann durfte ich auf keinen Fall werden. Es müsste ausgebildete Männerbeobachter geben, die Männer auf die tückischsten Erlebnisse aufmerksam machten. Mein Hauptproblem war vermutlich: Ich musste verheimlichen, dass ich nicht wusste, was aus mir werden sollte. Mir wurde leicht schwindlig, wenn ich in die Nähe solcher inneren Geständnisse geriet. Schon aus diesem Grund ging ich immer seltener aus und mied Gesellschaften. Zuweilen fürchtete ich, dass meine Gefährdung vielleicht schon fortgeschritten war. Dabei beeindruckte es mich, wenn ich von jemandem hörte, dass er oder sie an beginnender Schwermut litt. Ich bemühte mich dann und wann, vom Glanz dieses Leidens berührt zu werden. Mit siebzehn war ich mit mir einig, dass ich in spätestens fünf Jahren verschwinden musste. Die Eltern verlassen, die Stadt verlassen, die Schule verlassen, die Hemmungen verlassen. Stattdessen starrte ich abends in der Küche meine Eltern an und kam nicht auf die Idee, dass man das Verschwinden von ihnen nicht lernen konnte.

Schon wieder sehnte ich mich danach, mit dem Gesicht zwischen Sibylles Brüsten einzuschlafen. Sibylle lag auf der rechten Seite, ich auf der linken. Oft hatte ich Angst, dass ich demnächst ersticken würde, dann hob ich Sibylles linke Brust ein wenig an, und schon gab es frische Luft. Es machte mir nichts aus, Sibylles Schweiß zu riechen; er war süßlich, wie der Schweiß eines Kindes, was mich manchmal sogar verzauberte. Tatsächlich umfasste Sibylle meinen Kopf von hinten wie den Kopf eines Kindes, das gleich gestillt werden musste. Diese Ähnlichkeiten störten mich nicht, im Gegenteil. Manchmal fürchtete ich, Sibylle sei eine Gefahr für mich. Dabei hatte ich, seit wir getrennt waren und auch schon vorher, gelegentlich mit anderen Frauen geschlafen. Hinterher ging ich schnell nach Hause, fragte mich auf dem Heimweg: Musste das sein? legte mich dann eine Weile auf das Sofa und dachte: Schöner Tag heute. Gelegentlich dachte ich, dass ich mich einmal mit jemandem aussprechen müsste, wenn ich das sogenannte Sich-Aussprechen nicht so sehr verabscheut hätte. Das Problem war das plötzlich eintretende Unfähigkeitsgefühl. Ich trat ans Fenster und sah, wie eine Mutter mit ihrem Kind das Haus verließ und das Kind in den Kindersitz ihres Fahrrads hob und dem Kind danach eine kleine Puppe gab, die das Kind heftig an sich drückte. In der Sorgfalt solcher Handlungen wollte auch ich wieder einmal leben. Unter Sorgfalt verstand ich vor allem einen mäßigen Umgang mit Zumutungen. Gerade auf diesem Gebiet enttäuschte mich Sibylle. Sie sagte, ich solle in eine Drogerie gehen und neue Präservative kaufen. Ich erwiderte: Drogerien gibt es nicht mehr. Sie sagte, geh' in einen Drogeriemarkt. Ihre Ratschläge erschreckten mich. Es war mir klar, dass ich nicht der erste war, dem sie solche Ratschläge gab. Es stiegen Scham, Eifersucht und eine alte Wehmut in mir hoch. Woher die Scham und die Eifersucht rührten, wusste ich. Die Kassiererinnen würden sehen, dass ich Präservative auf das Band gelegt hatte und würden mich spöttisch und töricht anschauen. Warum ich mit Wehmut zu kämpfen hatte, war mir nicht klar. Es zeichnete sich ab, dass sich die Konflikte zwischen Sibylle und mir vermehrten und verstärkten. Trotz der Lachhaftigkeit unseres Konflikts blieb ich ernst und überlegte. Ich wollte auf keinen Fall, dass Sibylle schwanger wurde. Es schreckte mich das Schicksal ihrer Schwester, von dem sie oft erzählte. Dieses Schicksal war nicht originell, im Gegenteil, es war ein Massenschicksal, von dem selbst die Massen wussten. Sibylles Schwester bekam rasch nacheinander zwei Kinder und lernte, was Stress ist (Arbeit, Erschöpfung, wenig Geld). Bald geriet die Ehe ins Wanken, sagte Sibylle. Am liebsten wollte ich ausrufen: Es weiß doch jeder, dass es fast nur noch wankende Ehen gibt, deswegen muss man doch nicht extra heiraten!

Momentweise sehnte ich mich zurück in die Zeit, als auch ich knapp bei Kasse war und in einem kleinen Appartement lebte; in diesem stand alles herum, was ich brauchte, und es gab niemand, der meine Unordnung kritisierte. War es möglich, dass mich die Erinnerung mit Wehmut heimsuchte? Wehmut über die zurückkehrende Sibylle wäre mir einleuchtender gewesen. Aber auch diese Einsicht stimmte nicht ganz. Dieses immerzu ausfransende Denken über Ehen, Treue, Geld und Mietverträge schätzte ich am allerwenigsten. Ich stöhnte am Fenster. War es möglich, dass mich Sibylle auf die Seite der menschlichen Dauerzuversicht herüberziehen wollte? Sie mochte nicht mitansehen, dass ich mich auf dem Pfad einer junggesellenartigen Verlotterung bewegte. Aus der einstigen Geliebten und Ehefrau wurde jetzt eine Art Mannmutter, die erkannt hatte, dass sie heute andere Aufgaben hatte als früher. Ich setzte mich in der Nähe einer Straßenbahn-Haltestelle auf eine Bank und wartete, bis mein innerer Unfriede abgezogen war. Hier fiel mir der Name einer neuen Haltestelle ein: Verkorkste Lage. Ich stellte mir einen Schaffner vor, der in der Straßenbahn ausrief: Verkorkste Lage, bitte alles aussteigen. Ich lachte nicht, sondern dachte an meine Mutter, die mit einem Fuchsschwanz über der Schulter spazieren ging und wahrscheinlich über ihre Ehe nachdachte. Es gab damals vermutlich keine Präservative, sondern nur die Naturverhütung Knaus-Ogino, die nicht immer funktionierte. Die Ehefrauen kriegten damals drei oder vier Kinder (oder mehr), bis sie in der Menopause waren und dann schlecht über ihre Ehe redeten.

Sibylle glaubte mal wieder nicht, dass ich einen Mantel besaß. Als sie vorige Woche hier war, kam sie plötzlich auf die Idee, meinen Mantel sehen zu wollen. Ich öffnete den Schrank und zeigte ihr meinen Mantel. Sibylle lachte und sagte: Diesen Mantel hast du dir vor ungefähr zwanzig Jahren gekauft. Es kam leider zu einer peinlichen Szene. Auf Sibylles Bitte holte ich den Mantel aus dem Schrank und zog die Plastikhülle herunter. Tatsächlich, sagte Sibylle, du hast einen Mantel, ich nehme meine Verdächtigungen zurück. Ich wollte zurückfragen: Welche Verdächtigungen bitte? Aber sie umarmte mich voller gespielter Überraschung. Ich kann nicht glauben, sagte sie, dass du in den vergangenen achtzehn Jahren oder wie viel es waren dann und wann einen Mantel getragen hast. Die Lösung ist ganz einfach, sagte ich, du warst nicht immer dabei, wenn ich den Mantel auf dem Leib hatte. Wir redeten so vertraut, als wären wir nie getrennt gewesen. Schon wieder kam es zu heftigen Umarmungen und Küssen. Kurz vor dem Beischlaf sagte ich ihr, dass ich eine Freundin hätte. Na und? machte sie; es ist doch längst normal, dass der Mensch zwei Frauen oder zwei Männer hat. Das meine ich nicht, antwortete ich. Und was meinst du? Etwas ganz Einfaches, sagte ich, *eine* Frau reicht mir. Zum Glück war Sibylle skeptisch. Stimmt das wirklich? Einen so genügsamen Mann habe ich noch nie gesehen, sagte sie. Ihre Zweifel beeindruckten mich. Ich schwieg, weil ich die Debatte nicht vertiefen wollte. Unser Schweigen erschien kalkuliert. Ich fragte mich, ob wir gerade die Auferstehung eines schlau gewordenen Paares erlebten. Ich wollte Sibylle fragen, ob sie dieses Gefühl teilte, aber dann hielt ich doch den Mund und bohrte mit dem gestreckten Zeigefinger ein Loch in meine Hosentasche.

Drei Wochen später wollte Sibylle, dass ich in den Betrieb ihres Vaters eintrete. Sie hätte mit ihrem Vater schon gesprochen, »er hat nichts dagegen«. Mir passte die Idee nicht. Es sah ein bisschen so aus, als hätte ich die Barmherzigkeit ihres Vaters vielleicht sogar nötig. Der Vater war Besitzer einer großen Friedhofsgärtnerei; er beschäftigte etwa ein Dutzend Leute, oft nur Aushilfen, die nach kurzer Zeit wieder verschwanden. Er klagte oft darüber, dass es kaum noch ausgebildete Gärtner gebe. Ich hatte mich für Pflanzen, Blumen, Gartenerde und Gräber nie interessiert. Sibylle beschwichtigte mich. Die meisten Menschen, sagte sie, wussten zuvor nie etwas von der Branche, in der sie dann ein halbes Leben lang arbeiten. In Wahrheit fühlte ich mich von Sibylles Angebot entblößt, weil es eine kaum verhüllte Aufforderung war. Ich war nicht jemand, den man irgendwo »unterbringen« oder »reinstecken« konnte, und ich hatte geglaubt, dass Sibylle für diese innere Gemengelage ein Gefühl hätte. Ich hoffte, dass sich die Wogen von selbst wieder glätten würden. Ich war daran gewöhnt, dass sich Schwierigkeiten durch den Fortgang der Zeit so lange selbst umbauten, bis sie von kaum einem Problembetreiber wiedererkannt wurden.

Während des Umhergehens konnte ich das Gefühl einer Niederlage kaum beschwichtigen: die Ereignisse hatten den Anschein, dass aus mir etwas werden *musste*, und sei es Aushilfsgärtner. Zum Glück war ich nicht so hochmütig, mich gegen die Entwicklung zu sperren. Die Unzufriedenheit mit meinen Verhältnissen war mächtig. Allerdings war Sibylles Ahnungslosigkeit alarmierend. Zugleich schützte sie mich; das Zusammensein mit einer Frau, die mich von morgens bis abends durchschaute, wäre für mich eine extreme Belastung gewesen. Dennoch sah ich mich plötzlich in einer Zwangslage. Einerseits liebte ich Sibylle (immer noch, immer wieder), andererseits wollte ich das Erbe dieser Liebe nicht annehmen. Es sah aus, als wären wir jahrzehntelang getrennt in Urlaub gewesen, aber jetzt wären die Ferien zu Ende und wir würden wieder zusammenleben, als wäre nichts gewesen. Versteckte Konflikte dieses Kalibers waren mir fremd und wurden von mir deshalb für unlösbar gehalten. Ich hatte Hochachtung vor jedem Problem, weil es das Leben authentisch machte; aber mit realen Konfliktdarstellerinnen wollte ich nur im Notfall meine Kräfte messen. Gleichzeitig war ich sogar stolz auf diese Zuspitzung; der sanfte Aufprall auf Sibylle machte mich im Handumdrehen zu einer bedeutsamen Persönlichkeit. Meine Überforderung war sowohl deprimierend als auch belebend; sie verknüpfte mich mit vielen versteckten Details der wirklichen Wirklichkeit. Plötzlich hatte ich sogar einen Grund für mein hundeartiges Umherschweifen. Was mir sonst nicht auffiel, sprang mir jetzt ins Auge und machte mich umtriebig. Eine Frau hatte ihre Katze auf dem Arm, eine andere Frau schleppte zwei Krücken mit sich herum, eine dritte Frau trug eine Großpackung Toilettenpapier nach Hause. Wenn ich mich nicht täuschte, genierte sich die Frau mit dem Toilettenpapier. Ein magerer Mann mit Buckel und dickem Pullover war die nächste Erscheinung. Schließlich war ich überladen von Bildern, die ich nicht mit in die Wohnung nehmen wollte. Mir fiel eine unangenehme Eigenschaft meiner Mutter ein. Sie stellte sich mit einer Pinzette vor den Spiegel und zupfte sich einzelne Härchen der Augenbrauen heraus, die sie für Schönheitsfehler hielt. Als Kind floh ich, wenn ich diese Quälerei mitansehen musste. Jetzt fühlte ich mich zu alt, um mich immer noch meiner Eltern zu erinnern. Sie waren inzwischen so lange tot, dass sie es längst verdient hatten, auch von meiner Erinnerung in Ruhe gelassen zu werden. Stattdessen warf ich meinem ebenfalls toten Vater vor, dass er vor circa vierzig Jahren seine Frau daran gehindert hatte, mich, einen etwa Zwölfjährigen, zu einem Malkurs der Städtischen Kunsthalle anzumelden. Dabei hatte meine Mutter einen guten Riecher. Sie hatte bemerkt, dass ich nachmittags gerne zeichnete und malte. Vater verhinderte die Anmeldung, weil er die lächerliche Kursgebühr von acht Mark nicht bezahlen wollte. Ich wehrte mich gegen seinen Geiz, von dem ich im Stillen ahnte, dass es sich um Angst handelte, um seine große redliche Angst, dass er seine Familie (Frau und drei Kinder) nicht würde ernähren können. Mehrmals am Tag fragte ich mich, wo und wie ich den Strom der Erinnerungen abstellen konnte. Wie konnte ich mich von dieser Erlebniswiederaufbereitungsmaschine befreien, und zwar sofort und für immer? Wie zur Strafe fiel mir erneut meine Mutter ein, die mich einmal preisgünstig hatte verscherbeln wollen. Ich musste mit ihr die Bäckerei aufsuchen, in der sie damals jeden dritten Tag Brot einkaufte. Sie fragte den Bäcker, ob er mich nicht als Lehrling nehmen wolle. Ich war erstarrt, sprachlos, voller Panik. Ich zog meine Hand aus der Hand der Mutter zurück, aber dieses Zeichen wollte oder konnte sie nicht deuten. Der Bäcker schaute mich an, dann seine Frau, die ein gelähmtes Augenlid hatte. Der Bäcker wischte den Mehlstaub vom Ladentisch und sagte drei erstaunliche Sätze: Ihr Sohn kann sehr gut malen. Sie haben mir selber schon Bilder von ihm gezeigt. Lassen Sie ihn Maler werden!

Meine Mutter packte das eben gekaufte Brot in ihre Tasche und zahlte. Wir verließen den Laden und redeten draußen nicht miteinander, was ungewöhnlich war. Ich verstand die Szene in der Bäckerei nicht. Ich liebte meine Mutter und kam niemals auf den Gedanken, dass sie nicht zu meinem Vorteil hätte handeln können oder wollen. Ich wartete darauf, dass wir schnell nach Hause kamen, wo meine Mutter am Nachmittag Obst in Gläsern »einmachte«. Das war ein Teil ihres Kampfes gegen den Mangel der Nachkriegszeit und gegen Krankheiten aller Art. Sie wollte sicherstellen, dass ihre Kinder auch im Winter geschützt waren vor Kinderlähmung, Gelbsucht und Pocken. Heute dachte ich oft, dass aus der Kargheit des Nachkriegs mein Affekt gegen die Gier der Zeit hervorging. Mit heftiger Missbilligung betrachtete ich die sogenannten Neureichen, die sich neue Autos, neue Fernsehapparate, neue Kleidung, neue Armbanduhren, neue Möbel kauften. Seit Anfang der sechziger Jahre herrschte kein Mangel mehr, aber die Menschen deuteten ihre überraschende Sattheit in einen Mangel um, als drohte ihnen in Kürze wieder ein realer Hunger, eine ordinäre Kälte oder das Allerschlimmste: eine widerliche zukünftige Einsamkeit, weil der Vater immer noch nicht vom Krieg nach Hause gekommen war oder das Haus nicht wiederfand, in dem er vor dem Krieg gelebt hatte.

Ich hatte Mühe, mich von den alten Bildern zu lösen. Ich betrachtete eine Radkappe, die im Straßengraben gelandet war, einen leeren Plastikbecher, das Strickjäckchen eines Säuglings, das aus einem Kinderwagen herausgefallen war, von der Mutter wahrscheinlich unbemerkt. Es fiel auf, dass die Straßenkehrer sich nicht bückten, um eine Radkappe aufzuheben oder ein Strickjäckchen. Ich wollte die Dinge gerne von allen Seiten betrachten und vielleicht sogar anfassen, weil ich zum Beispiel nicht wusste, wie sich ein Strickjäckchen anfühlte.

3

Ich wollte die beiden oberen Knöpfe meines Hemdes öffnen, aber ich war zu nervös und ungeschickt. Sibylles Vater musterte mich und merkte es nicht. Kurz nachdem ich in sein Büro eingetreten war, betrat seine Sekretärin den Raum und sagte: Nehmen Sie doch Platz. Mir war die Aufforderung peinlich, dem Vater nicht. Er fixierte mich wie irgendeinen Antragsteller, was mir erneut peinlich war, ihm wieder nicht. Ich fühlte mich über das Maß hinaus zerstreut. Es fiel mir ein Kindervers meiner Mutter ein: Ich sitze hier und schneide Speck / Und wer mich lieb hat, holt mich weg. Am liebsten wollte ich den Vers aufsagen, aber natürlich beherrschte ich mich. Ich setzte mich dem Vater gegenüber.

Darf ich Sie bitten, sagte er, die Gegenstände, die Sie in der Tasche haben, auf den Schreibtisch zu legen?

Ich verstand die Bitte nicht, aber ich folgte ihr. Ich holte einen Bleistiftspitzer, ein abgefahrenes U-Bahn-Ticket, einen Briefkastenschlüssel und etwas Kleingeld aus meinen Taschen und legte alles auf den Schreibtisch, eine halbe Armlänge von mir entfernt.

So ungefähr habe ich mir das vorgestellt, sagte Sibylles Vater.

Ich verstehe Sie nicht, sagte ich.

Wenn Sie in all den Jahren etwas mit einer Gärtnerei zu tun gehabt hätten, dann hätten Sie jetzt eine Tulpenzwiebel, einen Keim, ein Weizenkorn oder ein Graswurzelstück aus einer ihrer Taschen geholt. Das ist nicht der Fall, was nicht schlimm ist. Aber ich weiß jetzt, dass Sie auch inzwischen kein Gärtner geworden sind.

Ich lachte.

Ich hätte das nie geleugnet, sagte ich.

Sibylles Vater blickte aus dem Fenster links und spielte mit einem Holzlineal.

Ich nehme an, dass die Sitzung hiermit beendet ist, sagte ich.

Er antwortete nicht. Ein paar Sekunden vergingen, dann erhob ich mich und wurde auf stumme Weise frech. Ich seufzte und verließ das Büro. Schon war ich draußen. Zack! sagte ich halblaut zu mir selber. Mein Gemüt verwechselte den Heimweg eine Weile mit einer Heimkehr. Ich kam erst dann wieder richtig zu mir, als ich meine Wohnung betrat und in den Möbelstücken alte Verwandte wiedererkannte. Sibylle standen Tränen in den Augen, als ich ihr von der Begegnung mit ihrem Vater berichtete. Er ist so, wie er immer war, sagte sie, mehr musst du von ihm nicht wissen. Ich kicherte leise. Momentweise schien Sybille doch noch mit einer Wandlung ihres Vaters zu rechnen. Ich ging in die Küche und aß ein Stück Käse, um den öden Geschmack im Mund zu vertreiben.

Es begann zu regnen, regelmäßig, monoton, vertraulich. Ich stellte mich an das Fenster und schaute auf die Dächer der geparkten Autos. Danach wollte ich eine Tomate verzehren, um den Käsegeschmack aufzulösen. Ich schaffte es kaum noch, am beginnenden Abend in Ruhe eine Tomate zu essen. Nachdem die erste Hälfte weg war, überfiel mich die Langeweile. Ich schob den Teller weg und reinigte das kleine Messer. Momentweise glaubte ich, ich hätte vergessen, wie man eine Tomate isst: ohne Affekte, geduldig, ohne überhöhte Ansprüche an eine Tomate. Plötzlich kam es mir darauf an, einzelne Gegenstände in der Wohnung zweifelsfrei zu erkennen. Auch dieses Spiel erschöpfte mich rasch; ich stellte mich erneut an das Fenster und schaute hinunter. Die Radkappe, die ich vor Tagen entdeckt hatte, lag immer noch an derselben Stelle, auch ein Säuglingsschuh. Wenn ich mich nicht täuschte, strahlten solche Dinge eine Privatatmosphäre aus, die bis zu meinem Fenster aufstieg. Ich hatte Lust, den Säuglingsschuh aus der Nähe und von allen Seiten zu betrachten; ich empfand auch oft Lust beim Schwarzfahren und war dabei mehrmals erwischt worden. Und war auch kein einziges Mal von der Behörde aufgefordert worden, das mir amtlich mitgeteilte Bußgeld wirklich zu bezahlen. Immer mal wieder hatte ich angenommen, dass in der Behörde eine Frau arbeitete, die meine Bestrafung verhinderte. Dann und wann überlegte ich, ob eine meiner früheren Geliebten möglicherweise Beamtin geworden war und meine Bestrafung verhinderte. Ich ging die Namen meiner Jugendliebschaften durch, aber keiner einzigen konnte ich den Kontrollblick einer Bürokratin andichten. Im Gegenteil; Isolde zum Beispiel hatte die Anmutung einer Katze; Ingeborg sah aus wie ein sanftes Schaf, das nie auf den Gedanken kam, dass irgendetwas in der Welt nicht in Ordnung sein könnte, in einer Straßenbahn schon gar nicht. Die Polizei machte schon wieder einen Beobachterrundflug über die Stadt. Diese sonderbaren Flüge sorgten nicht dafür, dass sich die Menschen besonders zu Hause fühlten. Im Gegenteil, sogar harmlose Menschen wie ich dichteten sich plötzlich heimliche Vergehen zurecht. Die Polizeihubschrauber flogen so nah über die Dächer, dass eine plötzliche Festnahme nicht mehr ausgeschlossen schien. Mir genügte das nahe Brummen eines Hubschraubers, um mein Verlangen nach einer anderen Wirklichkeit zu spüren. Ich litt oft an der Vorstellung, dass ich mich mit der realen Welt zu heftig arrangiert hatte. Ich weigerte mich nicht einmal, die vielen neuen Wörter, die ich in der Zeitung las, ebenfalls zu verwenden. Kaum war das Wort Blogger auf der Welt, plapperte ich es nach. Noch schneller eignete ich mir das Wort Shitstorm an; gerade dieses Wort wurde eine Art Herzensangelegenheit von mir. Es war entsetzlich: Ich funktionierte genau so, wie es von heute lebenden Menschen erwartet wurde.

Sibylle strengte sich an, mich bei einer anderen Firma unterzubringen. Ich fürchtete schon, dass sie selbst für mich zu einem Konflikt werden konnte. Ich hatte Zeit (was ihr vielleicht nicht passte), aber ich tat so, als fehlten mir jeden Tag zwei oder drei Stunden. Ich wusste, es war nicht erlaubt, Zeit zu haben. Wer zeigte, dass er Zeit hatte, gab damit auch zu, dass ihn der Zeitraffer noch verschonte. Also tat ich so, als hätte ich keine halbe Stunde zu viel. Das war die Angst, die sich unsichtbar in jeden Raum schob, in dem sich Menschen aufhielten. Sogar meine Spaghetti beim Italiener musste ich schnell essen und hatte dafür einen guten Grund: die Spaghetti wurden rasch kalt und schmeckten dann abgestanden. So aß ich und schaute mich um, weil ich sehen wollte, ob auch die anderen Leute vor sich selbst keine Zeit haben durften. Ich dachte an Sibylle und wurde mir – natürlich: schnell – klar, dass mir ihr erotisches Geflatter nicht gefiel. Auch ihre modische Kleidung beeindruckte mich nicht, ebenso ihre abgerissenen Kurzerzählungen, nicht einmal meine eigene Ausdauer ihr gegenüber gefiel mir. Ich ahnte den Hintergrund: Sibylle war zu unlustig, zu alt und zu flau, um sich noch einmal einen wirklich neuen Mann zu suchen. Durch diese Flauheit/Faulheit fühlte ich mich herabgesetzt und durfte/konnte doch nicht darüber sprechen. Als wären wir noch oder schon wieder verheiratet.

Ich wunderte mich, wie ruhig es in der Stadt geworden war. Viele verborgen lebende Menschen liefen umher und suchten etwas, fanden aber nur wenig oder nichts. Eine Kindergärtnerin rief den vor ihr laufenden Kindern zu: Nach vorne schauen! Immer nach vorne schauen! Wieso eigentlich, fragte ich nicht die Kindergärtnerin, sondern mich. Es ist viel sinnvoller, verehrte Kindergärtnerin, so oft wie möglich wenigstens *beiseite* zu schauen, dorthin, wo die anderen nicht hinschauen. Verstehen Sie das? Sie verstand nichts, deswegen hörte ich auf, an sie hinzureden. Ich bewunderte ein Mädchen, das seinen jungen Hund auf dem rechten Arm umhertrug; ich beneidete einen behinderten Trompetenspieler, weil er im Rollstuhl sitzen und sofort wegrollen durfte, wenn er genug hatte oder die Leute ihm nicht mehr gefielen. Es war typisch für mich, dass ich mich in dieser Situation an meine mittleren Jugendjahre erinnerte, als ich überraschend ein Schulversager wurde. Meine tapfere Mutter erschien in der Sprechstunde meiner Lehrer, aber sie erfuhr von ihnen nur, dass auch sie mein Versagen nicht erklären konnten. Meine spätere Erklärung war: Ich musste ein Versager werden, weil den Fächern der Oberstufe (besonders Mathematik, Physik, Chemie, Geschichte, Latein) jegliche Anschaulichkeit fehlte. Wenn ich gegen Mittag die

Schule erschöpft und erschlagen verließ, rettete mich nur, dass ich auf dem Heimweg in einer trostreichen Platanenallee gehen durfte. Meine Mutter bügelte vorausschauend meine Hose, zog mir ein frisches Hemd an und stellte mich in den Personalbüros einiger großer Firmen vor; sie war insofern mutig, weil diese Firmen Lehrlinge weder suchten noch brauchten. Die Chefs schlugen meine beiden letzten Zeugnisse auf (meine Mutter hatte sie in der Handtasche) und machten bedenkliche Gesichter. Die Personalchefs stellten mich nicht ein. Plötzlich war ich ein herrenlos auf dem Meer treibendes Floß, was mir gefiel, obwohl ich mich auf den dunklen Wassern auch bedroht fühlte. Der sich wiederholende Kippmoment in den Chefbüros bedeutete auch das Ende meiner Jugend. Ich legte mir einen Text zurecht, den ich manchmal vor mich hin murmelte: Du hast Eltern, du hast die Schule hinter dir, du kommst in die Pubertät, du hast nach wie vor einmal im Jahr Geburtstag, aber dann stellst du fest: diese ganze Ordnung war ein Schein, weil die wirkliche Wirklichkeit ganz anders aufgebaut war.

Der Tag neigte sich, und ich wusste nicht, was ich für den Abend brauchte. Im Supermarkt kaufte ich Zahnpasta, Schnürsenkel, Toilettenpapier, Seife, Shampoo, Rasierklingen, Filterpapier. Als ich in die Wohnung zurückkehrte, rief ich aus: Ich brauche keine Zahnpasta, keine Schnürsenkel, kein Toilettenpapier, keine Seife, kein Shampoo, keine Rasierklingen, kein Filterpapier. Ich packte die Sachen trotzdem aus und verteilte sie ordentlich im Badezimmer und in der Küche. Ich hatte kein Bedürfnis, mir immerzu die Haare zu waschen und mich jeden Tag zu rasieren, zuweilen sogar zweimal. Und ich hatte schon gar keine Lust, ungefähr alle drei Wochen den Abfluss des Waschbeckens im Bad zu reinigen; wenn der Abfluss stockte, rasierte ich mich in der Küche.

Sibylle setzte mir so sehr zu, dass ich schon anfing, mich nach einer sanfteren Frau umzuschauen, als wäre ich immer noch oder schon wieder mit ihr verheiratet. Was sich vor mir aufspreizte, war eine Art Wirklichkeitsdoublette. Ich war eine unglaubliche Lebenstatsachenverarbeitungsmaschine geworden. Alles, was geschah, musste in kleine Fleischbällchen zerhackt werden; anders konnten die Lebenstatsachen nicht geschluckt werden. Wie so oft hatte ich den Eindruck, dass mich die Menschen um mich herum komisch fanden, fast schon gefährdet. Ich kannte dieses Theater und wollte es nicht länger ernst nehmen. Dabei war ich bei weitem nicht so unabhängig, wie ich mir an guten Tagen einredete. Es plagte mich meine Sucht, aus jeder Phase meines Lebens eine Art Lehre zu ziehen. Ich lief umher, ziellos, nein, nicht ziellos, ich hatte sogar ein anspruchsvolles Ziel: meine Zerstreuung. Und ich hatte sogar ein bisschen Glück; ich geriet in die Nähe eines riesigen Baums, der von drei Männern gestutzt wurde. Sie sägten die weiter oben platzierten Äste ab und sahen dabei zu, wie die Äste krachend auf den Gehweg herabfielen. Einer der Männer zog sich mit Hilfe eines Flaschenzugs bis hoch in die Spitze des Baums. Hier warf der Mann seine Handsäge an und stutzte die Krone des Baums. Viele der abgesägten Äste streiften beim Herabstürzen die Geländer der Balkone, so dass die Hausfrauen erschraken und rasch die Balkontüren schlossen. Die Baumarbeiter sprachen Russisch, Polnisch, Rumänisch, Bulgarisch. Die verstörten Eichhörnchen sprangen die wankenden Äste hinauf und herunter. Es sah oft so aus, als ob sie bald abstürzten, aber sie sprangen immer nur weiter auf den nächsten Ast. Schon lange hatte ich den Wunsch, einer Schar von Gänsen dabei zuschauen zu dürfen, wenn sie nacheinander eine Dorfstraße überquerten. Aber es gab hier keine Gänse und keine Dorfstraße und keine Bäuerin mit Stock und weißem Kopftuch. In meiner Jugend war in langweiligen Lokalen ein Aquarium aufgestellt. Wenn schon nichts geschah, konnte ich wenigstens den ruhig hin- und herschwimmenden Fischen zusehen. Warum waren die Aquarien alle verschwunden? Der Zeitungsverkäufer an der Ecke grüßte mich immer seltener, er schaute inzwischen stumm und ein wenig ratlos unter dem Schild seiner Kappe hervor. Ich betrachtete ihn trotzdem gern, weil er mich über drei Ecken an meine Mutter erinnerte. Sie nannte die Zeitungen, die der Mann verkaufte, stets Revolverblätter, was ich nicht verstand. Ich wusste nicht einmal, was ein Revolver war. In den Augenblicken, als ich dem Mann wieder keine Zeitung abkaufte, fiel mir ein, dass ich nachts immer öfter aufwachte und an meinem feuchten Kissen merkte, dass ich schwitzte. Wenn ich allein war, stand ich auf und wischte mir mit einem Handtuch Hals, Nacken und Kopf ab. Wenn Sibylle bei mir übernachtete, drehte ich nur mein Kissen um und hoffte, dass sie meinen Schweiß nicht bemerkte. Vielleicht hatte sie mein Malheur längst bemerkt und schwieg diskret. Vielleicht schwieg sie nur, weil sie selbst nicht schwitzte, was ich nicht verstand. Ich verstand auch nicht, warum mich mein seit langer Zeit toter Vater immer noch mit Erinnerungen heimsuchte. Oft hatte ich die Vorstellung, er sitze wie ein tückischer Eulenspiegel in meinem Kopf und zwinge mich, ihn nachzuahmen. Er hatte sich jahrelang vorgemacht, er sei eine Art Glücksritter, dem die Belohnungen der Gesellschaft eines Tages vor die Füße fallen würden. Dann würde er ein Haus für die Familie bauen, er würde eine phantastische Maschine erfinden (wie Daniel Düsentrieb, von dem mein Vater nie etwas gehört hatte). Wir, seine Familie (seine Frau, seine Kinder) hörten ihm willig zu und freuten uns. Noch dazu war unser Vater zwar intelligent, aber schüchtern und ungeschickt. Er brauchte zur Realisierung seiner Pläne sehr viel Geld, das er nicht hatte. Er konnte nicht die Direktoren der Bank aufsuchen, die es in unserer Stadt gab, und sie um Kredite bitten. Es fehlten ihm die rhetorischen Fähigkeiten, vor allem Überzeugungskraft. Dafür war unsere Verwandtschaft finanziell sehr potent; sie war sogar bereit, ihm Geld, sehr viel Geld zu leihen, auch ohne Sicherheiten, ohne Vertrag und ohne Einblick in die Konstruktionspläne seiner Maschine. Sogar wir zu Hause misstrauten unserem Vater. Er hatte nicht einmal das Geld, mit seiner Familie dann und wann in den Zoo zu gehen. Rätselhafterweise war auch unsere Mutter mit ihm nicht unzufrieden. Dabei schwärmte der Vater häufig von Reisen, die er demnächst mit seiner Familie unternehmen würde. Er war vermutlich nur ein Phantast (wie viele Erfinder), der sich auf sein Erzähltalent verließ. Wir nahmen nicht an, dass er von den Dingen, über die er redete, nichts verstand. Je älter ich wurde, desto geringer wurde meine Neigung, dem toten Vater nachträglich eine Schuld anzuhängen. Ich fürchtete, dass sich die Welt so stark verändern würde, dass ich selbst sie bald nur noch mit Hilfe kluger Leute wiedererkennen würde.

Dann würde ich wie viele nicht mehr ganz junge Menschen auf der Straße stehenbleiben, mir dies und das anschauen, den Kopf schütteln und verstimmt weitergehen. Zum Beispiel verbreiterte die Stadt immerfort viele Straßen und musste ungeplante Straßenkreuzungen nachliefern. Für die nicht modernisierbaren Fußgänger wurden schnell Unterführungen gebaut, in denen sich riesige Pfützen und Hundehaufen ansammelten. Ich lief umher und war voller Nachsicht mit meinem toten Vater, der in der sich lang hinziehenden Nachkriegszeit nicht glauben mochte, dass der Krieg wirklich vorüber war. Meine Neigung zum Unglauben machte mich meinem Vater ähnlich. Dieser Tage hatte ich um die Mittagszeit ein Lokal besucht und sah auf der Theke einen kleinen Stapel von Papierservietten. Der Anblick schien mir klarmachen zu wollen, dass bald eine große Not ausbrechen würde. Dann brauchten alle Menschen dringend Servietten, weil es in Notzeiten nichts zu kaufen gibt, Servietten schon gar nicht. Es war ganz einfach, beim Verlassen des Lokals eine Handvoll Servietten einzustecken. Die Strafe war, dass ich etwa fünf Minuten lang glaubte, jetzt endgültig verrückt geworden zu sein. Unglaublich viele magere Frauen liefen umher. Ich spürte mein schrecklichstes Verlangen: Ich wollte mit meiner Ergriffenheit angeben. Aber wie? Der ergriffene Mensch hat keine Stimme, er will nichts sagen, er verdrückt sich, weil ihm die Stimme weggerutscht ist. Eine stillende junge Frau rettete mich. Ihre Brust war flach, verbraucht, sogar unschön. Vermutlich hatte die Frau schon mehrere Kinder gestillt. Gern wäre ich zu der Frau gegangen und hätte sie gefragt, ob ich noch eine Weile zusehen darf.

Ich hatte Angst, dass mich wegen der gestohlenen Servietten jemand verfolgte. Auf einer nahen Holzbank ließ ich mich nieder und sah nervös umher. Zufällig schaute ich auf die Sohle meines linken Schuhs und sah, dass die Sohle durchgelaufen war. Ohne weiteres Zögern betrat ich ein Schuhgeschäft, probierte diese und jene Schuhe an und entschied mich für ein Paar, das ich im Schaufenster gesehen hatte. Der Verkäufer hatte die Schuhe im Geschäft jedoch nicht vorrätig. Ich bestellte die nicht vorrätigen Schuhe und sollte bitte nach drei Tagen wiederkommen. Nach drei Tagen erlebte ich ein neuartiges Malheur: Ich erinnerte mich nicht mehr, in welchem Geschäft ich Schuhe anprobiert und bestellt hatte. Ich lief eine Weile umher und hoffte, dass das fehlende Erinnerungsteil wieder in mein Gedächtnis zurückkehrte. Leider wartete ich vergebens. Ich war fassungslos und stritt ab, dass meine Erinnerung schon so mangelhaft geworden war. Ich blieb bei meiner Auffassung, dass sich Anblicke nicht so rasch abnutzen konnten. Dabei war mir schon öfter aufgefallen, dass meine Blicke schneller alterten als mein Gedächtnis. Die Entdeckung war enttäuschend, aber offenbar unaufhebbar. Wo soll das hinführen? fragte ich mich oft. Ich konnte ja nicht aus Überdruss blind werden oder mich gar blind stellen. Manchmal spürte ich wie einen Haarnadelriss, dass bei mir etwas nicht mehr in Ordnung war. Ich dachte mit Absicht das Wort Haarnadelriss, weil mir die Bedeutung des Wortes entfallen war. Erst nach etwa einer Stunde legten sich die inneren Tumulte. Ich saß inzwischen in einem Café und las Zeitung. In dem Café fiel mir wieder ein, wo sich das Schuhgeschäft befand. In der Zeitung las ich die Geschichte eines Gewalttäters, der erst im Gefängnis und lange nach der Tat tiefes Bedauern mit dem von ihm ermordeten Opfer empfand. Es war, als würde in meinem Kopf der Täter dem Opfer versonnen zuwinken. Was wir brauchen, sagte ich im Kopf zu dem Täter, ist eine Reue *vor* der Tat; begreifen Sie diese Reihenfolge, Herr Mörder? Endlich zahlte ich und verließ das Café. Noch heute passierte es mir, dass ich draußen umherlief und nicht völlig ausschloss, dass ich meine Jugendfreundin Elli wiedersehen würde. Ich glaubte, dass sie sich selbst ähnlich geblieben war, auch im Aussehen. Mit Elli besuchte ich an Sonntagnachmittagen die Kindervorstellungen eines Vorstadtkinos. Wir liebten Filme, in denen entweder Zorro oder Tarzan auftauchte, der damals von Johnny Weissmüller gespielt wurde. Außer uns waren unsere Spielkameraden Marianne, Waltraud, Elke, Karin, Theo und Lutz mit im Kino. Nur weil Elli sich Sonntag für Sonntag neben mich setzte, glaubte ich seinerzeit, dass sie meine Freundin geworden war. Ich wartete darauf, dass wir uns während der Vorstellung die Hände hielten, was jedoch nicht geschah. Wenn Tarzan plötzlich in Lebensgefahr geriet, weil er mit einem Löwen oder einem Krokodil nicht zurechtkam, begann Elli zu schluchzen. Dann verbarg sie ihr Gesicht hinter meiner braunen Cordjacke und drückte meine Hand gegen ihr heißes Ohr. Das war für mich der Höhepunkt einer frühpubertären Erotik, von der ich mir bald Steigerungen erhoffte. Nein, das war nicht die Wahrheit. Ich wusste nicht, was die nächsthöhere Stufe unserer Erotik hätte sein können, noch dazu in der Kindervorstellung. Ellis Schluchzen war ernsthaft und ergreifend. Nach einer Weile besiegte Tarzan den Löwen oder das Krokodil, was erheblich aufregender war, weil der Kampf gegen das Krokodil unter Wasser stattfand. Wir sahen den aus dem Wasser ragenden Schwanz des Krokodils, dessen Schlag tödlich war. Nach einer Weile ragte plötzlich Tarzans mächtiger Oberkörper aus dem Wasser. Mit dem linken Arm umklammerte Tarzan das immer noch um sich schlagende Krokodil, in der rechten Hand hielt er das Messer und wartete auf den tödlichen Augenblick. Als wir das Kino verließen, sah ich Ellis verweintes Gesicht und ihren nur langsam verschwindenden Schreck. Nach etwa achtzig Metern tauchte auf der linken Straßenseite der Eissalon »Capri« auf. Ich spendierte Elli ein Eis und sah dabei zu, wie durch das langsame Eislecken Ellis Erschütterung kleiner und kleiner wurde.

In früheren Jahren rief mich Elli gelegentlich an und fragte, ob sie bei mir übernachten könne. Sie wollte immer nur eine Nacht bleiben, deswegen ließ ich mit mir reden. In ihrer »früheren Jugend« (das war eine Lieblingsformulierung von Elli) war sie einmal Buchhändlerin gewesen, aber sie hatte dabei zu wenig verdient und musste zu viel und zu lange am Tag arbeiten. Heute arbeitete sie, wenn überhaupt, nur noch sporadisch. Wir waren einmal, ebenfalls in ihrer früheren Jugend, ein sogenanntes Paar, aber dann wurde Elli krank (Sklerose) und rutschte immer mehr in unordentliche Verhältnisse, die ich nicht beschreiben kann, weil Elli sich mir gegenüber ungenau ausdrückte. Die Verhärtung von Geweben und Organen führte dazu, dass sie beim Beischlaf Schmerzen hatte, was ihr selbst peinlich war. Also hielt ich mich, wenn sie anrief, zurück und sagte am Telefon nur: Ja, du kannst kommen. Sie erklärte mir ihre Krankheit und weinte. Sie blieb immer nur eine Nacht und verließ frühmorgens Bett und Wohnung. Wo sie hinging, sagte sie nicht. Ich bildete mir ein, mich in ihrem Sinn zu verhalten, indem ich nicht nach ihren Verhältnissen fragte. Sie erkundigte sich auch nicht, was ich machte und wie ich zurechtkam. Einmal hatte ich einen Fehler gemacht. Ich gab ihr morgens, als sie ging, fünfzig Euro. Sie war eine halbe Minute leicht verwirrt, aber dann steckte sie den Schein in ihre Handtasche. Erst später wurde mir klar, dass die Übergabe des Scheins atmosphärisch der Bezahlung einer Prostituierten ähnelte. Zum Glück schliefen wir zu diesem Zeitpunkt nicht mehr miteinander. Einmal, als Elli gegangen war, dachte ich an meinen Vater, was ich nicht verstand, obwohl die Parallele auf der Hand lag. Auch er war von Krankheiten, Unglücken und unrealistischen Phantasien beherrscht; über nichts davon redete er. Ich nahm Anstoß an seinen kleineren Mängeln, an seinem Körpergeruch, an seinem leichten Buckel, an seiner Hose, an seiner Selbstvernachlässigung. Montags bedrückte mich sein Geruch, dienstags sein Buckel, mittwochs sein Anblick, donnerstags seine Hose, den Rest der Woche hatten meine Empfindungen frei.

4

Trotz des groben Gesprächs mit Sibylles Vater fand ich schon zwei Tage später in das mir vertraute Selbstgefühl zurück. Ich litt wie fast immer (auch ohne rhetorische Anrempeleien) an der Vorstellung, dass ich mit der realen Welt zu wenig verbunden war. Wenn etwas dauerhaft nicht in Ordnung war, fing ich an, mich an den Mangel zu gewöhnen, obwohl ich auch darüber wieder erschrak. Dieser Tage geriet ich etwas zu nah an den Körpergeruch eines alten Ehepaares. Wahrscheinlich hatten sie einfach vergessen, sich zu waschen. Es stieß mir nichts zu, ich floh vor nichts, ich versteckte mich nur ein wenig und wartete ab, bis die echten und halbechten Belästigungen verschwunden waren. Nach einiger Zeit fühlte sich die Bedrückung (die Dichte eines fremden Lebens) wie eine schon immer geduldete Normalität an. Am Abend beklagte sich auch noch Sibylle über körperliche Unzufriedenheit.

Ich bin um die Taille herum zu dick geworden, sagte sie.

Du bist nicht zu dick geworden, sagte ich.

Du willst mich nur trösten.

Wäre das schlimm?

Es wäre nicht schlimm, sagte sie und kicherte.

Man muss doch irgendwann aufhören, sagte ich, immerzu mit sich selbst abzurechnen.

So tolerant warst du früher nicht!

Stimmt nicht, antwortete ich, ich mache schon lange einfache Beobachtungen. Die Hose, die du trägst, wird dir allmählich zu eng. Du musst damit rechnen, dass bald eine Naht reißt.

Sibylle lachte.

Genau so läuft das ab, entgegnete sie; du sagst, du machst nur einfache Beobachtungen, und fünf Sekunden später beleidigst du mich.

Aber du hast doch selbst gesagt, dass du um die Taille herum zu dick geworden bist.

Der Unterschied ist, dass *ich* das gesagt habe; wie du weißt, kann man sich nicht selbst beleidigen.

Es zeichnete sich ab, dass sich Sibylle demnächst eine neue Hose kaufen und hinterher wieder denken wird: Auch das war nicht nötig. In ihrer Wohnung hingen zwischen vier und fünf Hosen herum, die sie kaum trug, sondern immer nur anschaute und mit deren Anblick sie zufrieden war. Mit ihren BHs hatten sich ähnliche Gewohnheiten eingespielt. Sie besaß tatsächlich zwischen fünf und sieben BHs, von denen sie nur zwei gerne und oft trug. Zuweilen belustigte sie sich über die Frage, ob sie mich nachahmte oder ich sie. Sibylle sagte: Du könntest mein Hosenberater werden. Ich lachte und antwortete: Den Job eines BH-Beraters würde ich auch annehmen. Obwohl Sibylles Vorschlag nicht ernst gemeint war, überlegte ich mir am Nachmittag, ob ich wirklich Hosenberater werden könnte. Ich sah vom Sofa aus auf meine über der Stuhllehne hängende Hose und gab zu, dass meine Hose einem Zusammenbruch nahe war und dass dieser Zusammenbruch, sollte er eintreten, einen tiefen Einblick in die Metaphysik meiner Unglücke erlaubte. Es war klar, dass ich das Bild der bald zusammenbrechenden Hose vor Sibylle verheimlichte. Es wäre am besten, wenn ich mir eine neue Hose kaufen würde, obwohl eine solche Neuanschaffung Signalwirkung hätte. Für den Fall, dass ich die Karriere eines Hosenberaters einschlug, hörte ich mich schon reden: Die Hose sitzt gut und steht Ihnen auch, aber sie hat zu kleine Hosentaschen. Nicht einmal ein Papiertaschentuch lässt sich in diesen Taschen unterbringen. Davor bewahrt Sie eine Gegenprobe: Stecken Sie eine Hand in eine Hosentasche und stoßen Sie mit dem Zeigefinger in deren tiefste Spitze vor. Dann müssen Sie mit der Fingerspitze problemlos Ihr Geschlecht erreichen können. Wenn das klappt, ist die Hose in Ordnung. Das war der ungefähre Verlauf einer erfundenen Spielszene, die mir wegen ihrer erstaunlichen Sinnfälligkeit gleich einleuchtete. Momentweise erlebte ich ein inneres Auflodern: Ich könnte tatsächlich Hosenkundler werden. Ich hätte die Chance, ahnungslose Männer vor schweren Enttäuschungen zu bewahren. Ich würde mich an den Eingängen der großen Kaufhäuser aufstellen, sich nähernde Männer ansprechen, ob sie nicht einen hosenkundigen Begleiter brauchen?

Wie fast alle meiner Einfälle beeindruckte mich auch dieser nur kurze Zeit. Ich fühlte, dass meine Idee auf Sand gebaut war – und warf sie auf den Müllhaufen untauglicher Pläne. Am Abend hatte ich Lust, mich deswegen zu betrinken, schnell, heftig und wirksam. Aber ich erinnerte mich an ähnliche Abende und an deren todtraurigen Verlauf. Als ich sicher war, die Trauer abgewiesen zu haben, fiel mir mein Vater ein, an den ich schon lange nicht mehr gedacht hatte. Er war Mechaniker von Beruf, hatte eine Frau und drei Kinder und immer zu wenig Geld. Als ich in der Schule gescheitert war, hoffte er, dass *ich* jetzt schnell Geld verdiente und ihn entlastete. Er hatte, fürchtete ich, nie wirklich begriffen, dass er eine Familie hatte, die von Jahr zu Jahr mehr Geld verbrauchte. Auf dem Hochzeitsfoto war zu sehen, wie unbedarft er bei der Eheschließung war, seine Frau (unsere Mutter) übrigens ebenfalls. Meine Eltern waren zwei anmutige junge Leute, die ihre Ahnungslosigkeit schon für Glück hielten. Bis heute konnte ich nicht vergessen, wie sehr ich mich in der Schule deplatziert fühlte. Ich war wie gelähmt, als ich begriff, dass ich für viele Jahre mit jeweils mindestens dreißig schrecklichen Kindern in einem *Raum* (genannt: das Klassenzimmer) zusammen sein musste, und zwar täglich. Das hatte mir bei der Einschulung niemand gesagt. Tag für Tag merkten meine Eltern nicht, dass ich scheiterte; es war für sie normal, dass die Menschen scheiterten und darüber nicht redeten.

Als mein Freund Robert konfirmiert wurde, veranstaltete seine Mutter einen Kindernachmittag. Kaum waren die Kinder in der Wohnung, ließen sie den Rollladen herunter. Die dreizehneinhalbjährige Gudrun zeigte ihre kleinen Brüste und ließ sich anfassen. Gudrun machte mich darauf aufmerksam, dass meine Knie vergrindet waren. Das sind sie immer, sagte ich. Was? fragte Gudrun. Sie holte ihre Handtasche und zeigte mir zwei Heftpflaster. Danach ging sie mit mir ins Bad, wusch die Wunde aus, trocknete mit ihrem Taschentuch vorsichtig das Umfeld der kleinen Wunde und klebte sie mit Heftpflaster zu. Meine Mutter bemerkte das Heftpflaster nicht. Natürlich war sie so heftig mit ihrem Unglück beschäftigt, dass sie für ein Heftpflaster nichts mehr übrighatte. Nächste Woche würde nicht viel geschehen. Montags führte die Kindergärtnerin die schreienden Kinder durch die Straßen. Ich erinnerte mich, dass ich als Kind gern die Frage gestellt hätte, wo und wie die Vögel übernachten. Decken sie sich mit alten Blättern zu? Aber es war niemand da, dem ich die Frage hätte stellen können. Nein, ich fürchtete, dass ich ausgelacht würde. Dienstags lärmte ein Kartoffelbauer mit seiner Glocke so lange herum, bis die Hausfrauen erschienen und ihren Bedarf deckten. Mittwochs schepperte die Putzfrau mit ihrem Eimer durch das Treppenhaus. Donnerstags kamen früher zwei Frauen von der Heilsarmee und baten um Spenden. Die Frauen waren verschwunden, niemand wusste wohin. Freitags reinigte Herr Schorle sein Auto im Hof. Am Samstag endlich gab sich eine gewisse Stille zu erkennen; die Leute bemühten sich, die Ruhe anzuerkennen. Am Freitag, spätnachmittags, klingelte Sibylle bei mir. Das machte sie gern, vermutlich aus alter Eifersucht beziehungsweise aus Angst vor neuer Eifersucht, mit der sie dann allein gewesen wäre, wenn sie mich nicht rechtzeitig kontrolliert hätte. Sie wusste, dass ich um diese Stunde zu Hause war, und sie wusste außerdem, dass sie oft auf mich wirkte wie eine Belebung. Meistens hatte ich eine Flasche Wein herumstehen, die ich sofort öffnete. Wenn wir Glück hatten, gerieten wir dann in eine Stimmung wie zu jener Zeit, als wir uns kennenlernten. Ich grübelte oft, ob sich ein Paar von Zeit zu Zeit neu kennenlernen kann. Mich beschäftigte noch etwas anderes; in den Zeitungen las ich zuweilen, dass Männer, wenn sie langsam älter werden, irgendwann nicht mehr beischlafen wollen oder können. Wann genau dieser sonderbare Übergang stattfinden sollte, war im Einzelnen nicht bekannt. Dieses delikate Problem beschäftigte mich oft; darf man (kann man) auf Vorrat vögeln? Die Frage war unmöglich und absurd, aber voller Lebensnähe; nicht einmal in Form eines Scherzes durfte man sich der Frage nähern.

Im Radio sang ein älterer Mann mit abgequetschter Stimme untergegangene Liebeslieder. Später ahmte ich die Stimme des Mannes nach. Ich hatte gedacht, durch die Nachahmung würde ich gute Laune kriegen. Aber es klappte nicht, ich blieb verdrießlich wie eine Frau, die ihre Tage hatte. Sibylle nannte ihre Tage nach wie vor Hitzewallungen, worüber ich mich zuweilen wunderte. Das Wort gehörte in eine andere, frühere Frauengeneration. Wenn Sibylle ihre Wallungen hatte, war sie ungenießbar; sie wusch sich besonders heftig, weil sie glaubte (wie meine Mutter), dass sie an diesen Tagen roch. Ich hatte ihr schon oft gesagt, dass ihre Sorgen überflüssig seien, aber ich hatte keinen Erfolg. Wir wiederholten unsere Ehe, wir wiederholten unsere Angst vor Überdruss und Langeweile, wir wiederholten unsere Scheidung, und wenn wir nicht bald starben, heirateten wir noch einmal. Ich hatte es gut; mein Leben hatte sich auf stille Weise von selbst geordnet. Ich redete nicht gern darüber, weil ich fürchtete, nach vorzeitiger Altmänner-Angeberei zu klingen. Ich wusste, dass mein Frieden eine Mogelpackung war. Nur selten ging ich ins Theater, das ich – oft enttäuscht – schon in der Pause verließ. Meine Ungeduld saß tief und war unbehandelbar. Die Ungeduld war für mich ein Hinweis, dass meine Bescheidenheit vielleicht (wahrscheinlich) unecht war. Wo ich »Echtheit« finden konnte, blieb unklar und löste Selbstmisstrauen aus. Jede Art des Auftrumpfens (Klamottengehabe, Autogehabe, Geldgehabe) war widerlich und doch in jedem besseren Haushalt anzutreffen. Ich hatte Angst vor ungewollter Einzelgängerei und Solipsismus. Wenn ich nicht bald eine neue Stelle in Aussicht hatte, wuchs die Gefahr, dass ich mehr und mehr Gefallen am Herumstromern, Zeitverplempern und Rumgaffen finden könnte. Schon jetzt war ich bereit, vor mir selbst die Ratlosigkeit als eine Art Lebenskunst hinzustellen. Ich durchlebte Stimmungen, die mir noch vor wenigen Jahren unbekannt waren. Ich fühlte mich schon erhaben gegenüber erschöpften Hausfrauen und ausgereizten Ehemännern. Ich ging nach Hause, legte mich auf das Sofa und schaute dem verschwindenden Licht der untergehenden Sonne zu. Das Licht gespensterte eine Weile in meinem Zimmer herum, ich schaute zu und schaute zu, bis das Licht langsam flirriger wurde und dann erlosch, weil plötzlich der Abend da war. Ich wollte, dass mir die Melancholie noch eine Weile erhalten blieb; aber wie macht man das? Schon sah ich eine verbitterte Taube, und weg war die Melancholie. Dann kam mir doch noch eine Idee für eine leichte Zerstreuung: Ich werde … ich werde … ach was … ich werde gar nichts. Ich verlor mich zu oft in meinen Erinnerungen und erschrak darüber. Jetzt erinnerte ich mich sogar an einen Opa, der neulich in der U-Bahn seinen nassen Schirm gegen meine Hose lehnte. Ich beklagte mich still, dass ich keine bedeutsameren Konflikte mit mir herumtrug. Ich litt darunter, dass meine Eltern so einfältige Menschen waren, denen ich nicht hatte helfen können, und sie nicht mir. Wir waren zwei miteinander verwandte Unglücke, die sich Tag für Tag anschauten und sich dann wieder ihrem kleinen Elendszirkus zuwandten. Als ich ungefähr elf Jahre alt war, ging meine Mutter dazu über, regelmäßig mein Glied zu reinigen. Ich verstand nicht, warum diese Reinlichkeit plötzlich nötig war, aber ich traute mich nicht zu fragen. Ich war überrascht, als Sibylle vor etlichen Jahren dazu überging, vor einem erwartbaren Beischlaf meine Reinlichkeit zu überprüfen. Hinterher, wenn wir ausgepowert und schlafnah beieinanderlagen, ertrug Sibylle nicht einmal die Reste ihres eigenen Intimgeruchs. Insgeheim wartete ich darauf, dass Sibylle – wie einst meine Mutter – dazu übergehen würde, mein Glied zu waschen. Ich war mit mir nicht einig, wie ich mich dann verhalten sollte. Sibylle war endlos verblüfft darüber, dass das Organ des Mannes nach dem Beischlaf seine Steifheit wieder verlor, damit der Mann ohne Belästigung schlafen und außerdem ohne Verrenkungen pinkeln konnte. Am meisten perplex war Sibylle, dass dem Mann sogar nachts im Schlaf ohne Absicht und ohne Bewusstsein erneut das Glied steif werden konnte und der Mann (oft im Halbschlaf) abermals nach der Frau suchte oder griff, egal, ob diese gerade in seiner Nähe war oder nicht.

In der Nacht zum Sonntag wachte ich schon um vier Uhr morgens auf. Wahrscheinlich war der Grund ein praller Vollmond, der wie ein großer weißer Ball am Himmel stand und die Frühaufsteher beeindruckte. Das Nachtlicht war so hell, dass ich ohne die Nachhilfe des elektrischen Lichts frühstücken konnte. Das Radio sendete »La Mer« von Debussy, eine wogende Musik, die klang, als würden die Wellen sogar meine Küche erreichen. Ich hörte die Tumulte der Freude, als das Orchester »La Mer« beendet hatte. Vermutlich erhob sich das Publikum von den Plätzen oder warf die Arme in die Höhe. Ich stellte mir vor, dass sich die Leute jetzt umarmten und einander in die Gesichter lachten. Ich war noch nie in einem solchen Konzert gewesen, was ich oft bedauerte. Als Grund für diese schon fast lebenslange Verzögerung fielen mir meine Schulabschlussfeiern ein. Es gab jedes Mal ein Konzert des Schülerorchesters, das ich selten genießen konnte, weil mein Jahresabschlusszeugnis wieder einmal fürchterlich ausgefallen war. Still lauerte ich in den Sonntag hinein und fühlte mich ein wenig lächerlich, denn es gab nichts zu belauern außer meiner eigenen Laxheit. Deswegen schlug ich die Zeitung auf und suchte nach Stellenanzeigen. Angeboten waren die Jobs von Computerspezialisten, Personalchefs, Exportfachleuten, Internetexperten. Für mich war nichts dabei. Immer öfter tauchte die Möglichkeit auf, dass meine Existenz – wenn sich nichts änderte – irgendwann von Sibylle mitfinanziert werden musste. Früher, in meiner Kindheit, waren Väter und Ehemänner sogenannte Alleinverdiener. Wenn ich mich nicht täuschte, verschoben sich schon seit Jahren die Verhältnisse. Immer öfter drängten Frauen in die Spitzenpositionen; oft waren jetzt sie die Alleinverdiener, obwohl viele von ihnen gleichzeitig Mütter, Hausfrauen, Betriebsrätin oder sonst was waren. Ich erinnerte mich mit einer gewissen Wehmut an die Zeiten, als ich Wert darauf gelegt hatte, dass mir die Wirklichkeit nicht allzu nahe kam. Ich nannte sie stets die *sogenannte* Wirklichkeit, um meine Abgehobenheit (Distanz) nicht zu gefährden. Inzwischen war das Gegenteil eingetreten. Jetzt konnte ich der Wirklichkeit nicht nahe genug sein – und sei es halluzinativ, wenn es nicht anders ging. Mir fiel ein, dass ich als Halbwüchsiger, wenn ich mich langweilte, eine flache Steinplatte im Gehweg lockerte und dann aushob. Der Anblick, der sich mir bot, war eine Mischung aus Ekel, Überwältigung und Faszination. Ich sah ein halbes Dutzend unbekannter Kleintiere, die unter den Gehwegplatten lebten und offenbar weder Licht noch Luft brauchten. Jetzt krabbelten sie nervös umher und versuchten zu fliehen, was ihnen nicht möglich war. Denn ich packte sie mit den Fingern und warf sie zurück in das frisch ausgehobene Loch. Es waren Tausendfüßler, Ohrenputzer, Regenwürmer, Erdzecken und andere Tiere, deren Namen ich nicht kannte. Ich schaute ihnen eine Weile beim Leben zu, versenkte die Steinplatte dann zurück in das Loch, merkte mir aber die Stelle, weil ich schon einen Tag später dieselbe Steinplatte wieder ausheben wollte.

Wie verabredet kam Sibylle kurz nach 9.00 Uhr zum gemeinsamen Frühstück. Sie hatte aus einem Café zwei Stück Torte mitgebracht und stellte sie gut gelaunt auf den Tisch. Willst du die Torte gleich essen oder sollen wir zuerst vögeln? Sibylle lachte. Der Sonntag ist lang, sagte ich vieldeutig – und irrte mich. Wir frühstückten wie in Zeitnot, was ich nicht verstand; ich wollte fragen, ließ es aber dann, weil ich ahnte, woher die Unruhe kam. Sibylle legte ihre Kleidung ab, setzte sich auf die Bettkante und winkte mich kameradschaftlich herbei. Wir mussten lachen über die Art, wie wir unseren seit langem eingeübten Fahrplan einhielten. Zuerst vögelten wir ein wenig, sozusagen vorsichtig. Wir achteten beide darauf, dass ich (noch) keinen Erguss hatte, und wir wussten beide warum. Ihre linke Hand griff nach den Hoden, mit der rechten schob sie sich den Schlot in den Mund. Dabei masturbierte mich Sibylle so lange, bis sich eine Ejakulation ankündigte. Gleich hört Sibylle auf, dachte ich, aber sie hörte nicht auf. Wenig später schluckte sie das Sperma, bis nichts mehr kam. Wahrscheinlich hatte sie es bis dahin nicht kommen lassen wollen, aber ich fragte nicht. Ich war neidisch auf Sibylles Coup. Ich wollte mir auch gerne etwas aus Sibylles Körper einverleiben, was nur mir gehörte und was nur mir zustand. Aus dem gleichen Grund beneidete ich Säuglinge, die mit ihren Müttern in Cafés saßen beziehungsweise an deren Brust lagen. Die Säuglinge hatten die Augen geschlossen und befanden sich in einem Zustand höchster Lebenszuversicht. Die stillenden Frauen schauten mit einer mich ergreifenden Innigkeit in die Ferne und überlegten sich vielleicht, wie sie eine derartige Lebenshingabe bis ins Alter verlängern könnten. Sibylle wusste seit langer Zeit, dass mich nach einem Samenabgang eine starke Müdigkeit überwältigte. Sie wischte mir den Schweiß von der Stirn, drückte mich in die Kissen und legte sich neben mich. Mich übermannte das Gefühl einer unaussprechlichen Einigkeit mit Sibylle, ja einer nicht eigentlich verstehbaren Verschmelzung. Gleichzeitig erlebte ich auch das Gegenteil: Je näher mir Sibylle war, desto größer wurde auch die Entfernung von ihr. Ich wollte nicht dulden, dass es mitten in der heftigsten Nähe ein Verlangen nach Distanz gab. Ich wusste, dass ich, wenn für heute alles vorüber war, spazieren gehen würde, und zwar allein, weil ich in Ruhe alles, was zwischen uns geschehen war, als *Film* noch einmal wiederholen wollte. Während des Spaziergangs war ich überzeugt, dass alles, was geschehen war, *nur* als Film geschehen war. Nur so konnte ich mir die Flüchtigkeit der Bilder erklären. Die Bilder waren höchstens eine Stunde alt, aber schon jetzt waren sie Schnipsel eines uralten Stummfilms.

Das Wort Stummfilm erschien mir als besonders passend, weil wir in der Erregungsphase tatsächlich stumm waren, so echt, als hätten wir nie miteinander sprechen können. Allerdings musste ich diesen Spaziergang in die nähere Umgebung, die geschlechtslos und reizlos war, vor Sibylle geheim halten, weil sie nicht glauben mochte, dass ich irgendetwas ohne sie wollen könnte. Dabei war das Alleinsein sogar die Bedingung für die Wiederaufführung des Films. Aber das verstand auch ich nicht.

5

Ich war schon wieder viel zu früh wach geworden, stand hinter dem Fenster und schaute auf die Straße hinunter. Junge Männer polterten durch die Stadt, sie hatten Bierflaschen in der Hand, ihre Hemden waren am Kragen weit geöffnet; die Männer lachten laut und pinkelten Hauswände und Autos an, was sie besonders lustig fanden. Ein Polizeiwagen fuhr langsam an ihnen vorbei und verschwand wieder. Es war fünf Uhr morgens, ich sah auf die schlafende Sibylle. Ich nahm an, nicht mehr schlafen zu können, und blieb am Fenster stehen. Aus Langeweile sammelte ich die in der Wohnung herumstehenden Flaschen ein, bis ich meinen Ordnungseifer lächerlich fand. Im Gedächtnis wiederholte ich die Sperma-Szene (so nannte ich sie jetzt) und fragte mich, ob ich derlei in Zukunft nicht öfter erleben wollte. Dabei fiel mir eine Jugendfreundin ein (ihren Namen hatte ich vergessen). Sie nahm mich vor etwa fünfunddreißig Jahren mit nach Hause. Wir legten uns rasch ins Bett, aber es passierte nichts. Leider hatten wir uns auch so gut wie nichts zu sagen, worüber wir uns nicht einmal beklagten. Ich fragte mich, warum ich mich mit unerwünschten Erinnerungen beschäftigte; auch darauf wusste ich keine Antwort. Das Beste an der Szene war die Formulierung ›unerwünschte Erinnerung‹, ich wollte sie mir merken. Beide waren wir Kinder stiller Nachkriegseltern, die noch aus der Nazizeit gewohnt waren, im Schweigen zu leben. Hinterher besuchten wir ein Volksfest, dort trafen wir ihre Eltern. Ich hatte die

Idee, die Eltern hätten absichtlich das Haus verlassen, um die Tochter und ihren Liebhaber nicht zu stören.

Zum ersten Mal wurde ich von Männern bedrängt. Einer von ihnen rief mich sogar an, ein anderer kam bis zu meiner Wohnungstür und wollte nicht mehr weggehen. Sibylle klärte mich auf: Du bist auch für Homosexuelle interessant, du löst Dominanzgefühle aus, bei Frauen übrigens auch, denn eigentlich bist du ein typischer Frauenmann. Mir fiel zu beiden Komplexen nichts ein. Sibylle hatte sogenanntes Karottenbrot mitgebracht, ich war darüber verstimmt und versuchte es zu verbergen, was Sibylle bemerkte und nicht verstand. Mir genügt Weizenbrot, Roggenbrot, Dinkelbrot und so weiter, sagte ich, warum muss es auch noch Karottenbrot geben? Ich will ja auch kein Radieschenbrot und keinen Rettichkuchen und so weiter, verstehst du? Sibylle schwieg. Dann kündigte sie an: Apropos, ich gehe demnächst auf eine Schwulen- und Lesbenparty, obwohl ich mit Lesben nichts zu tun habe und mit Schwulen sowieso nicht. Aber ich will etwas Extraordinäres erleben, wenigstens einmal im Monat, ich gebe es zu. Wir lachten.

Seit kurzem kreisten einige Bussarde zwischen den Wolken umher. Sie waren neu in der Gegend und erregten die Leute. Es waren große, dunkelbraun gefiederte Vögel mit beeindruckender Spannweite. Sie flogen zwischen den Büros und Wohnhäusern hin und her, als wären sie nie woanders gewesen. Es sah aus, als wollten sie nicht mehr in die Wälder und Felder zurück. Wahrscheinlich war es das reiche Nahrungsangebot, das sie in die Stadt lockte. In den Vorgärten liefen Mäuse, Ratten und Eichhörnchen herum, ich fragte mich, ob sie von den Bussarden entdeckt worden waren. Dann und wann wurden meine Augen feucht, wofür ich keine Erklärung hatte. Ich ging, wenn es so weit war, Sibylle aus dem Weg. Ich konnte nicht erläutern, warum ich, sonst ein tränenferner Mensch, obenrum nass wurde, scheinbar ohne Anlass. Leute in meiner Nähe sahen sich ratlos an und wussten nicht, ob und wie sie mir helfen sollten oder könnten. Ein paar Wochen später hatte ich eine Erklärung, über die ich auch nicht redete: Ich fühlte eine plötzliche Todesnähe, gegen die ich eigentlich nichts hatte. Ich verhielt mich unaufgeregt, nach einiger Zeit ging das Bedrohungsgefühl wieder zurück. Ich vergaß das nicht verstehbare Gefühl genauso, wie ich die Gesichter meiner Eltern langsam vergaß. Meine Mutter verwendete viele merkwürdige Wörter, die in keinem Lexikon zu finden waren. Zum Beispiel sagte sie oft, wenn sie sich überfordert fühlte: Ich glaub', ich krieg' die Boxkischter. Ich schlug auch in einem Lexikon mit jüdischen Redensarten nach, aber auch dort fand ich nichts. Bis heute weiß ich nicht, was mit Boxkischter gemeint sein könnte. Inzwischen sage ich das Wort manchmal auch selber und ließ mich von anderen so anschauen, wie ich meine Mutter selbst angeschaut hatte. Leider starb meine Mutter viel zu früh. Außer Boxkischter verwendete sie noch viele andere Wörter, die ich nur von ihr hörte.

Ich nahm mir vor, das Wort bei nächster Gelegenheit unter die Leute zu bringen. Es ging meine Uhr kaputt, ich wusste nicht warum. Ich ging in ein großes Kaufhaus, zeigte in der Uhrenabteilung meine kaputte Uhr und fragte, was die Reparatur kosten könnte. Der Kostenvoranschlag war niederschmetternd. Da kriegt man ja die Boxkischter, sagte ich zu den beiden Verkäuferinnen. Die Frauen sahen mich an, sagten aber nichts. Sprachlos geworden verließ ich das Kaufhaus. Ich blickte auf meine Uhr und dachte: So grundlos, wie sie aufgehört hat, so grundlos wird sie weitermachen. Sie machte aber nicht weiter. Ich half mir, indem ich auf die zahlreichen Uhren schaute, die über den Eingängen vieler Metzgereien und Bäckereien angebracht waren. Ich ging nicht so weit, auch diesen Uhren zu misstrauen. Allerdings merkte ich immer deutlicher, dass ich eine *eigene* Uhr nicht brauchte. Das kann doch nicht sein! sagte ich zu mir. Schon in der Schule hatte ich gelernt, dass jeder Mensch eine Uhr braucht. Und jetzt das!

Dazu passte, dass es mich immer weniger interessierte, ob es draußen Frühjahr oder Herbst oder sonst was war. Nur zufällig bemerkte ich, dass der Wind die Bäume entlaubte. Dieses Zeichen deutete auf den kommenden Herbst. Aber entlaubt der Wind die Bäume nicht auch im Frühjahr und im Sommer? Schwarzweiße Elstern hüpften von Ast zu Ast und wechselten dann den Baum. Ich ging über eine Brücke und sah auf das Flussufer hinunter. Dabei fiel mir auf, dass ich schon lange keinen Angler mehr gesehen hatte. War das Angeln eine brotlose Beschäftigung geworden? Als Kind hatte ich mich öfter hinter einen Angler gesetzt und mit ihm gewartet, bis ein rasend zappelnder Fisch den Angelhaken in der Oberlippe hatte. Aber schon damals zeigte sich, dass ich nicht warten konnte. Nach höchstens zehn Minuten verließ ich den Angler und lief am Ufer entlang und empfand es als Glück, dass ich nichts lernen und nichts denken musste. Ich wusste nicht einmal, ob heute Dienstag oder Donnerstag war. Ein Eichelhäher flog vorüber und zeigte zwei Sekunden lang seine blau schimmernden Federchen. Besorgt schaute ich auf meine Hose. Die Umschläge fransten langsam aus; aber so war es immer: eine Hose verrottet von unten nach oben. Schon fragte ich mich, ob ich mir eine neue Hose kaufen musste. Weit heftiger als vor einer kaputten Hose ekelte es mich vor Kaufhäusern aller Art. Also ging ich noch eine Weile in der beschädigten Hose umher und schämte mich meines Ekels. Wenig später hörte ich das reale Geräusch zweier rangierender Züge im nahen Güterbahnhof. Als Kind ging ich oft zum Güterbahnhof und betrachtete die rostroten Waggons. Manchmal blieb ein einzelner Waggon längere Zeit stehen. Dann sprang ich über die Geleise und hoffte, dass der Waggon nicht verplombt war. Oft hatte ich Glück, wenigstens im Güterbahnhof hatte ich Glück. Ich stieg den Waggon hoch und fand manchmal eine Banane oder zwei Tomaten.

Mir fiel Sibylles Absicht ein, bei mir einzuziehen, früher oder später. Schon eine Weile versuchte ich, mir diesen Schreck vor mir selbst zu verheimlichen. Ich wusste genau, was mich erschreckte: Sibylle zog in mein Versteck ein und hob es damit auf. Meine Empfindung war scheu, kompliziert und nicht verhandlungsbereit, außerdem skeptisch. Auch Sibylles Vater war skeptisch und sogar misstrauisch, allerdings aus anderen Gründen; er wollte, dass seine Tochter endlich heiratet, und nicht, dass sie zum Vergnügen eines undurchschaubaren Junggesellen nur in dessen Wohnung zog. Sibylle war in diesem Punkt undurchsichtig, auch versteckt klug. Ich hielt es für möglich, dass sie das Zusammenleben als Vorstufe einer kommenden Ehe ansah. Dieser Plan erübrigte eine »Aussprache« und – das war meine »Kalkulation« – eine langsame Gewöhnung meiner Person an ihre Absichten. Ich war noch lange nicht fertig mit diesem Tag, da ging er schon zu Ende. Im Radio hörte ich Walzerklänge und andere Schmonzetten. Momentweise wusste ich wieder nicht, wo mein Leben hinlief, es war wie in einem Roman. Wahrscheinlich waren es die Walzertöne, die mich an die Hemmungen erinnerten, die ich mit 16 und 17 hatte. Erinnerte Hemmungen waren unangenehm und komisch; ich durfte ihnen nicht zu nahe kommen, weil sie mich dann erneut schwächten und mir meine damaligen Ladehemmungen als meine heutigen vorspielten.

Deswegen nahm ich meine Einkaufstasche und ging in den nahen Supermarkt. Eigentlich wollte ich nur die neue Verkäuferin in der Käseabteilung wiedersehen. Sie schob ihre Hände in weiße Gummihandschuhe, wenn sie einen Kunden bediente. Ich sah, der Gummihandschuhzwang war für die Frau eine Zumutung. Kaum hatte sie einen Kunden bedient, schob sie sich das Gummizeug wieder von den Händen und ordnete ihre Bluse und ihren Rock. Ich sah einen jungen Mann in einer heruntergekommenen Jacke. Kurz überlegte ich, ob ich ihm eine andere Jacke schenken sollte. Ich wäre bereit gewesen, in meine nahe gelegene Wohnung zu gehen und die Jacke zu holen. Aber dann musste ich fürchten, dass der junge Mann beleidigt hätte sein können. Als ich ein Halbwüchsiger war, hatte meine Mutter Kleidungsstücke von mir an notleidende Mitschüler verschenkt, was mich damals verärgert hatte. Es war ihr entgangen, dass ich seinerzeit mit meinen Kleidungsstücken verwachsen war wie ein junges Känguru mit seinem Beutel. Mit ihrem guten Blick sah sie meine Kinderzeichnungen (ich war damals acht oder neun Jahre alt) und rief aus: Da wächst ein neuer Paul Klee heran! Zum Glück wusste ich lange nicht, wer Paul Klee war. Meine Mutter ging mit meinen Zeichnungen in die Kunsthalle, zeigte meine Werke einer dort tätigen Kunstpädagogin und bat sie, mich in einen Malkurs für Kinder aufzunehmen. Die Pädagogin war bereit und nahm mich auf. Voller Stolz sagte meine Mutter zu einer Nachbarin: Unser Sohn lernt Kunst. Jetzt musste ich lachen. Als könnte man Kunst lernen. Ich küsste meine Mutter, als wäre sie das Kind.

Frühmorgens, unrasiert, das Haar nicht gewaschen, die Zähne nicht geputzt, stand ich vor dem Spiegel im Bad. Ich erinnerte mich an meinen Konfirmandenunterricht und dachte: Der Herr lasse sein Angesicht leuchten über mir. Es geschah nichts. Ich musste mir die Haare waschen, ich musste mich rasieren, ich musste mir die Zähne putzen und frische Unterwäsche anziehen. Als ich fertig war, murmelte ich vor mich hin: Jetzt werde ich dem Herrn gefallen. Der Herr war noch immer nicht da. Ich beklagte von Zeit zu Zeit, dass ich keine bedeutsamen Konflikte mit mir herumtrug. Noch heute litt ich darunter, dass meine Eltern so schlichte Menschen waren. Ich erkannte ihre Konflikte nicht und sie nicht die meinen. Wir waren lebende Unglücke, die Tag für Tag aneinander vorbeischauten und darüber sogar noch hochmütig wurden. Sibylle schaffte Ordnung in ihrer Handtasche. Sie sah mich an und glaubte, dass meine Aufputzerei nur ihr gelten konnte. Sie umarmte mich, ich unterdrückte, dass ich ausnahmsweise dem Herrn imponieren wollte. Es juckte mich im linken Auge. Ich nahm an, dass mir ein Staubkorn ins Auge geflogen war. Ich zog den

Augendeckel herunter über den unteren Augenrand und verharrte in dieser Position etwa zwanzig Sekunden. Durch vollkommene Stille, dachte ich, kommt wenigstens vorübergehend Ruhe in das Leben. Genaugenommen lebte ich nur noch in dieser Stadt, weil ich mit meiner Unentschlossenheit nicht fertig wurde und weil ich nicht wusste, in welcher anderen Stadt ich denn sonst hätte leben sollen oder können. Ich war gern in der Nähe von durchgedrehten Männern. Sie hatten abgetragene Kleidung auf dem Leib, in der Hand hielten sie einen leeren Kaffeebecher, und während sie vor sich hin stolperten, redeten sie gegen Bäume, gegen Autos, gegen Mülleimer und gegen Frauen namens Sophie oder Erna oder Sandra. Ich bildete mir ein, dass ich nicht in Gefahr war. Manchmal spürte ich den Wunsch, den durchgedrehten Männern ein wenig zu ähneln. Dieser kurz aufblitzende Wahnsinn war meine Lust und gleichzeitig deren Leugnung. Geleugnete Lust, dachte ich dann später nach, eine heftigere Lust konnte ich mir nicht vorstellen. Aus meiner Unentschlossenheit war eine Art Angst geworden. An dieser Unentschlossenheit würde ich eines Tages ersticken, und zwar unauffällig. Niemand würde meinen Tod bemerken. Es wunderte mich, dass ich kaum noch scheiterte, beziehungsweise: dass ich auch vor dem Scheitern keine Angst mehr hatte. Ich konnte kaum fassen, dass ich weder durch Alkohol noch durch Arbeitsstörungen noch durch Schlaflosigkeit noch durch Rheuma und auch nicht durch alte Frauengeschichten behindert oder eingeschränkt war. Sowohl das Herumlungern als auch das Herumlauern blieben folgenlos. In meiner Jugend war Lungern ein Schimpfwort. Bist du wieder herumgelungert? fragte mein Vater am Abend, und er wartete auf Geständnisse. An den eingetrockneten Wasserrändern meiner Schuhe sah er, dass ich sie schon lange nicht mehr geputzt hatte. Vater putzte seine Schuhe täglich abends mit schwarzer Schuhwichse. Er hätte mir am liebsten dasselbe aufgetragen, aber in diesen Jahren schreckten sogenannte Halbstarke nicht davor zurück, auch gegen ihre Väter handgreiflich zu werden. In den Zeitungen war zu lesen, dass die Halbstarken bei Rock-'n'-Roll-Konzerten auch die Bestuhlung von Stadthallen kaputtschlugen; mein Vater schloss nicht aus, dass ich zu diesen Finsterlingen gehören – und eines Tages, wer weiß, auch gegen ihn die Faust erheben könnte.

Wie war es eigentlich dazu gekommen, dass ich keinen richtigen Beruf erlernt hatte und stattdessen von Job zu Job glitt, und dies besonders dann, wenn ich dringend Geld brauchte? Ich glaubte, dass das Fundament meines Fehlverhaltens die phantastische Überschätzung meiner Zukunft durch meine Mutter war. Ich war drauf und dran, einen Kredit aufzunehmen, aber Sibylle riet heftig ab, einer Bank zu nahe zu kommen. Stattdessen gab mir Sibylle fast regelmäßig Geld, bar in die Hand. Es war, als sei Sibylle meine Bank geworden. Es demütigte mich, aber ich konnte mir nicht erlauben, das Geld von Sibylle nicht anzunehmen. Sie wünschte kein Gespräch über dieses Thema; sie hielt mir stattdessen vor, dass ich keinen Freund hatte. Hast du eine Freundin? fragte ich spitz zurück. Sie schwieg. Ich sagte, meine Freunde sind (waren) ehemalige Arbeitskollegen, die hatten mich schon damals nicht wirklich interessiert. Sie heirateten schnell und verschwanden dann in der Gruft ihrer Familie. Kollegen sind verlegen, sagte ich, und sie wollen ihre Verlegenheit nicht zur Besichtigung freigeben. Am besten ist, man geht ihnen aus dem Weg, das erspart ihnen wenigstens die eigene Scham. Wenn Sibylle abends vor dem Fernsehapparat saß, schenkte sie sich ein Glas Wein ein und legte die Beine hoch. Sie verharrte bis zu drei Stunden vor dem Gerät, ging zwischendurch mehrmals auf die Toilette und holte sich ein weiteres Glas Wein und ein Stück Schokolade. Ich lag auf dem Sofa und las die Zeitungen von heute, von gestern oder vorgestern. Nach zwei Stunden hatte ich genug und legte mich ins Bett. Ich spekulierte immer mal wieder mit einem plötzlichen Fernsehverdruss von Sibylle, der jedoch nicht eintrat. Nach dem Fernsehen wollte Sibylle beischlafen, so dass ich dann und wann das Gefühl hatte, ich sei ein Teil des Fernsehprogramms geworden. Wenn auch der Beischlaf gesendet war und unsere Erschöpfung sich näherte, küsste mich Sibylle liebevoll und mütterlich und ging hinüber in ihr Bett. Mein Bett nannte Sibylle ein Pfadfinderlager, was nicht völlig falsch war. Ich hatte kein »normales« Bettzeug mehr, sondern zwei, in kalten Nächten drei Wolldecken, die sich rasch in eine Art Lager verwandelten. Sibylle dagegen hatte ein Plumeau (sie verwendete das französische Wort), das mit echten Gänsefedern gefüllt war, also sehr leicht war und trotzdem gut wärmte. Als Sibylle schlief, erinnerte ich mich an meine dreiste Jugend, als ich eine erheblich ältere Frau liebte. Genauer: Ich habe es versucht. Auch für die Frau war ich eine Versuchung, aber sie war auf ihre Weise behindert, was mir damals entgangen war. Später entdeckte ich durch Zufall in ihrem Badezimmer eine Perücke; sie hing an einem Garderobenhaken. Es war mir sofort klar, dass ich die Perücke nicht hätte sehen dürfen. Ich ahnte, warum sich die Frau behindert fühlte: Sie litt an dramatischem Haarausfall. Unser Beischlaf dauerte nie lang. Die Frau musste aufpassen, dass sich die Perücke nicht verschob. Tatsächlich hatten wir bald genug voneinander, was zu entdecken schon wieder peinlich war. Später habe ich die Frau zufällig wiedergesehen, aus einiger Entfernung. Ich hätte sie nicht erkannt, wenn ihr Ersatzteil sie nicht erkennbar gemacht hätte: die Perücke. Diese wirkte jetzt peinlich, wenn nicht abstoßend. Die Perücke war jetzt das einzige an ihr, was unversehrt geblieben war. Alles andere an ihr war auf natürliche Weise gealtert. Ich war sprachlos. Wie kann ein Mensch sein Problem so lange mit sich herumtragen, ohne das lächerliche Moment daran zu erkennen! Ich blieb noch eine Weile in meinem zufälligen Versteck und betrachtete die vielen anderen Leute, die schamlos gealtert waren und von niemandem angeklagt wurden.

Erst jetzt, so viele Jahre nach ihrem Tod, begannen mir meine Eltern zu gefallen. Für diese eigentümliche Verschiebung hatte ich kein Verständnis. Ich bewunderte heute sogar die Tumbheit meiner Eltern, unter der ich als Heranwachsender heftig gelitten hatte. Um den Familienetat aufzubessern, fing meine Mutter an, als Vertreterin für Nähmaschinen an den Wohnungstüren zu klingeln. Sie lud einen der jungen Verkaufsleiter zu uns nach Hause ein, zum Mittagessen. Mutter schärfte mir ein, die Besuche des Verkaufsleiters Vater gegenüber nicht zu erwähnen. Ich verstand diese Geheimnistuerei nicht und ich verstand sie doch. Es wäre mir lieber gewesen, wenn ich sie nicht verstanden hätte. Wenn der Verkaufsleiter mittags zu uns in die Wohnung kam, schickte mich meine Mutter für etwa eineinhalb Stunden auf die Straße. Ich wusste nicht mehr, ob ich den Verdacht schon damals hatte oder ob er mir später kam: den Verdacht, dass sich meine Mutter dem Verkaufsleiter hingab. Meine Mutter war attraktiv und kochte gut. Wenn die Menge des Unverstandenen überhandnahm, lief ich schon damals draußen umher. Wenn ich mich erinnerte, dass das Umherschweifen in der Stadt auf eine kindliche Eifersucht zurückging, verwandelte ich mich bis heute zurück in ein Kind, das nichts verstand. Beim Herumlaufen lösten sich die Verknotungen auf, was ich ebenfalls nicht verstand, aber guthieß. Was sollte ich denn von einem Leben halten, das sich nicht in die Karten schauen ließ, obwohl ich die Karten selbst in der Hand hielt und sie fast unablässig anschaute, umdrehte und mischte.

Dass mein Radio kaputt war, verstand ich auch nicht; immerhin hatte ich Verständnis für seine Müdigkeit. Viele Jahre schon hatte es mir geholfen, leere Tage zu überwinden, teils mit Musik, teils mit endlosem Gerede. Einmal kündigte ein Sprecher ein Requiem von Luigi Cherubini an, sagte dann aber: Sie hören ein Requiem von Luigi Kerosini. Der Sprecher entschuldigte sich nicht, lachte nicht und nannte nicht den richtigen Namen. Kurz darauf begann das Requiem von Luigi Kerosini, das ich nie wieder vergaß. Mein Radio ging an Frequenzverzerrungen und Tonquetschungen langsam zugrunde. In einem Kaufhaus, wo ich mir ein neues Radio kaufen wollte, kam die Ernüchterung. Die alten Radios, die einen einfachen Knipsschalter hatten, gab es angeblich nicht mehr. Der Verkäufer versuchte, mir die Vorteile des Digitalradios zu erläutern. Ich wusste nicht, was ein Digitalradio war, und ich wollte es nicht wissen. Ich verstand nicht, warum ein neues Radio das Eingeständis meiner Überforderung verlangte, wenn auch stumm. Ebenso stumm verließ ich die Radio-Abteilung und das Kaufhaus.

Kaum war ich auf der Straße, fiel mir schon wieder meine Mutter ein. Allmählich vermisste ich einen geordneten Auftritt meiner Erinnerungen. Das beinahe tägliche Durcheinander meines Gedächtnisses beeinträchtigte mein Verlangen nach innerer Harmonie. Statt an meine Mutter erinnerte ich mich an meine erste Liebe. Sie war 17, ich 16. Wir wollten miteinander schlafen, aber unser Pech war, dass sowohl sie als auch ich absolut ahnungslos waren. Wir lagen nebeneinander und seufzten. Manchmal fasste ich ihr zwischen die Beine, aber sie zog schnell ihren Rock nach unten und drückte meine Hand weg. Mehr als dreißig Jahre später sahen wir uns wieder. Rasch war klar, dass wir jetzt nachholen wollten, was wir versäumt hatten. Sie ging mit mir in die Wohnung. Als ich ihr den BH lösen wollte, sagte sie leise: Bitte nicht, ich habe zu große Brüste. Jetzt beredeten wir lange, dass große oder kleine oder gar keine Brüste kein Grund seien, untätig zu bleiben. In diesem sinnlosen Gerede verflüchtigte sich unsere zweite Chance. Nach einer Viertelstunde zog sie sich wieder an und verließ stumm die Wohnung. Ich erinnerte mich schon wieder an den Spruch, den Vater abends aufsagte, bevor er ins Bett ging: So ist es halt, wenn ein Furz knallt, dann stinkt's halt. Als ich jung und überempfindlich war, hatte ich mir oft gewünscht, auf der Stelle in Tränen auszubrechen, sobald ich diesen Spruch hören musste. In der Schule sagte unser Lehrer, dass wir in der Nachkriegszeit lebten und dass wir Verständnis für unsere Eltern haben sollten, weil sie im Krieg zu viel erlebt hatten. Ich traute mich nicht zu fragen, ob das Pupen des Vaters eine Nachwirkung des Krieges sei. Denn der Nachkrieg gehört zum Krieg, sagte der Gemeinschaftskundelehrer, der Nachkrieg ist sogar bitterer als der Krieg, weil jeder Nachkriegstag den Krieg in verstümmelter Form weiter mit sich schleppt und weil jeder Tag eine Verstörtheit zeigt, deren Gründe nicht mehr einsehbar sind, schon gar nicht für euch, Kinder. Diese Verstörtheit erkannte ich an der Lebensführung meines Vaters, der, wie er selbst sagte, nicht mehr den Weg »zurück aufs Gleis« fand. Mein Vater war der Welt abhandengekommen und hatte, was viele hatten: Angst vor einem Dritten Weltkrieg. Das konnte ich denken beziehungsweise im Gymnasium lernen, aber ich verstand es nicht und konnte meinem Vater nicht sagen, dass er sich nicht schämen musste. Er setzte sich zusammen mit meiner Mutter vor den Fernsehapparat und blieb sitzen bis zur Bettreife. Ihr Anblick entzündete in mir eine Art Jugendzermürbtheit, auf die ich nicht vorbereitet war. Besonders tückisch war meine Vermutung, dass mein eigener Alltag, von der Nachkriegszeit bis heute, dem Leben meiner Eltern nicht ähnelte, mir diese Unähnlichkeit aber nicht nützte, weil sie völlig bedeutungslos war. Ich ging manchmal nur deswegen auf die Straße und in den Supermarkt, weil ich hoffte, dass sich auf der Straße die Banalität meiner Eltern mit der Banalität meines Lebens vermischen würde – ein tagheller, aber sinnloser Albtraum, für den es noch nicht einmal einen Notausgang gab.

6

Ich legte die Hemden zurecht, die ich spätestens morgen in die Reinigung bringen wollte. Oder ich löste Konflikte, die ich nicht wirklich hatte. Merkwürdig war (ich wunderte mich darüber), dass es in meinem Leben keine Schicksalsschläge gab. Ich verlor nicht plötzlich einen geliebten Bruder, kein Arzt entdeckte in meinem Körper eine tödliche Krankheit, ein Dritter Weltkrieg war so weit entfernt, dass ihn niemand mehr für möglich hielt, und auch schwere Seuchen, die es einmal gegeben hatte (Malaria, Gelbfieber, Sklerose, Pocken), waren aus dem Gedächtnis der Menschen verschwunden. Weil nichts geschah, dachte ich an meine Kindheit. Als ich ungefähr zwölf oder dreizehn Jahre alt war und meinen Eltern Sorgen machte, schrieb ich auf ein weißes Blatt in Druckbuchstaben: IM NÄCHSTEN JAHR WERDE ICH ORDENTLICH LERNEN UND TÄGLICH MEINE HAUSAUFGABEN MACHEN. Ich trug das Blatt durch die Wohnung und glaubte tatsächlich, dass ich im nächsten Jahr ein besserer Schüler werden würde. Bald danach trug ich wieder ein miserables Zeugnis nach Hause, aber meine Mutter unterschrieb es kommentarlos und machte mir auch später keine Szene, jedenfalls nicht wegen schlechter Noten. Ich schaute auf die Straße hinunter. Einsame Männer streiften allein umher. Ich nahm an, auch sie suchten Ruhe vor irgendetwas. Ein Stoß wirrer Erinnerungen überflutete mich. Mit fünfzehn besuchte ich eine Tanzschule und lernte ein Mädchen kennen, das nur wenig älter war als ich. Als ihr ein

Busen wuchs, bildete ich mir ein, dass der Busen nur wegen mir käme. Ich tanzte heftig mit dem Mädchen und griff ihr in einer Pause von oben in die Bluse. Sie stieß mich zurück und kündigte an, dass sie ihren Eltern »alles« sagen würde. Was für ein merkwürdiges Theater: Jeden Tag (morgens) musste ich meine Unterhose prüfen, ob sie noch länger tragbar war, jeden Tag musste ich gegen Mittag nachschauen, ob die Bügelfalte meiner Hose den Anforderungen des Nachmittags noch standhielt. Ich sah eine junge Mutter, die sich über einen Kinderwagen beugte und ihr Baby küsste. Ihre Sturzküsse hatten keine genauen Ziele. Die Mutter traf den Mund oder das linke Ohr oder die Nase und richtete dann ihren Oberkörper wieder auf. Zum Schluss drückte sie sich den nackten Bauch des Säuglings quer über das Gesicht.

Ich hatte die Tasche genommen, ausreichend Geld eingesteckt und mich auf den Weg gemacht. Der Supermarkt war nicht weit. Es war ein ruhiger Tag, viele Autos standen still am Straßenrand. Aber der Supermarkt war geschlossen. Oh! Die Verkäufer und die Kassiererinnen machten wahrscheinlich einen Betriebsausflug. Da ich schon unterwegs war, machte ich einen kleinen Spaziergang zum übernächsten Supermarkt. Auch dieser war geschlossen. Na klar! Es war ein Supermarkt derselben Handelskette, und die machten natürlich einen gemeinsamen Betriebsausflug. Jetzt kehrte ich um. Auf dem Rückweg traf ich einen Kollegen von früher und schilderte ihm mein Erlebnis mit den Supermärkten. Er sagte trocken: Heute ist Sonntag. Heute ist Sonntag, rief ich aus, bist du sicher?! Mehr konnte ich nicht herausbringen; und ging zurück in die Wohnung; ich hatte einen Sonntag übersehen; es war kaum zu fassen.

Sibylle gab ihrem Vater zu verstehen, dass sie bereit war, die Firma zu übernehmen.

Und wenn er tot ist, sagte sie, wirst du mein Teilhaber, ist dir das recht?

Ich schwieg; wie so oft fiel mir nichts ein.

Findest du mich gemein? fragte sie.

Ich blieb stumm; keinesfalls wollte ich zugeben, dass ich mit dieser Entwicklung gerechnet hatte. Wem außer seiner Tochter sollte der Vater die Firma denn übergeben? Wenn ich von weitem eine Hochschwangere entdeckte, richtete ich es so ein, dass ich der Frau direkt begegnete; wenn wir dann aneinander vorbeigingen, hatte ich ein Hochgefühl, das mich der Schwangeren (vermutlich) näherbrachte. Ich begann kurz danach unter dem Einfluss der beiden Worte (Hochschwanger und Hochgefühl) eine geheime Verbindung zu phantasieren, die ich, um mich nicht lächerlich zu machen, niemandem erzählte, auch Sibylle nicht.

Ich bewunderte die nie ermüdende Erregung der Spatzen. Sie tschilpten schon frühmorgens, wenn sie eine leere Straße überquerten. Kaum waren sie drüben, tschilpten sie wieder zurück. Die Amseln dagegen stellten ihr Trillern am Frühabend ein. Die Sonne verschwand hinter den Wolken. Nur wenige Flugzeuge stiegen hoch. Es wurde schon wieder Schlafenszeit, für Spatzen und Menschen. Kinder riefen aus ihren Kinderzimmern, dass sie schon am Einschlafen waren. Aber dann sprangen einige von ihnen noch einmal aus dem Bett und kicherten auf die Straßen hinunter. Kurz nach acht hörte die letzte Amsel für diesen Tag auf. Was machte die letzte Amsel jetzt? Traf sie sich mit einer anderen in deren Nest? Hatten Amseln überhaupt Nester? Immer mal wieder dachte ich daran, dass ich gerne Vogelforscher geworden wäre. Warum war ich stattdessen ein so eigenartiger Mensch geworden? Ich hatte kein Auto (ich wollte keines), ich wollte nicht mehr in Urlaub fahren, ich wollte mir keinen neuen Anzug kaufen und ich wollte mich nicht mehr rasieren. Aber einen Bart wollte ich auch nicht; also musste ich mich rasieren und ein glattes Gesicht bekommen wie Mr. Nobody. Sibylle machte mir schon Vorwürfe, dass ich mich für nichts mehr interessierte. Ganz unrecht hatte sie nicht. Im Radio redeten fast jeden dritten Tag unbekannte Experten über Haushaltskonsolidierung, Energiewende, Verkehrskollaps und das Flüchtlingsproblem. Einen erfolgreichen Abend wünsche ich Ihnen, sagte die Moderatorin am Ende ihrer Sendung. Es klang, als wären wir nur noch Wirtschaftsbürger, die unter allen Umständen einen ertragreichen Abend brauchten, weil sie anderenfalls nicht mehr hinter ihrem Schreibtisch Platz nehmen durften. War es ein Wunder, dass ich schnellstens die allgemein verbindlichen Sinngehalte kennenlernen wollte, *bevor* ich handelte? Einmal hätte ich fast einen betrunkenen Mann zurechtgewiesen, weil er sich einer vorüberfahrenden Straßenbahn in den Weg stellte, um sie zu stoppen. Eine Weile dachte ich mir viele scheinlogische Szenen aus, die sich zum Glück in ihrer eigenen Lächerlichkeit wieder auflösten.

Von ferne begegnete ich Frau Leibnitz; sie musste über siebzig sein, sie lief langsam und knickte mit dem rechten Fuß ein wenig ein. Sie ging an mir vorbei, weil sie mich nicht (mehr) erkannte oder sich nicht (mehr) an mich erinnerte. Es war ein Trost, dass man nicht von allen wiedererkannt wurde, denen man irgendwann einmal begegnet war. Das ersparte mir viel leeres Erinnerungsgerede, welches mich dem Tod nähergebracht hätte. Es bedrückte mich, dass ich nicht mehr wusste, was es mit Frau Leibnitz auf sich hatte. Man kann dabei zuschauen, wie man vergessen wird. Das war das letzte Kapitel, das jeder Lebende zu lernen hatte. Inzwischen war Montag; in der Zeitung las ich ein paar Sportberichte, die mich nicht interessierten. Ich las die Zeitung von hinten; auf der letzten Seite stand, dass die Schauspielerin Sabine Nikel ihr drittes Kind bekommen, dass der Unternehmer Hoffmann seinen Konkurs mit einem Selbstmord beantwortet und dass der Playboy Harry O. sein Erbe verjubelt hatte. Ich fragte mich, warum mein Name nicht in der Zeitung stand und im Radio nicht auftauchte. Als hätte ich nicht gewusst, was jeder wusste: Man wird nicht irgendwann vergessen, sondern man ist immer schon im voraus vergessen. Dieser Tage, in der Bäckerei, als ich Brötchen und Marmelade kaufte und die vielen Rentner sah, dachte ich: Überall sitzen und stehen und warten Alte und ruhen sich aus und geben zu, dass sie nichts mehr wollen. Der vielleicht Einzige, der nichts mehr wollte, jedenfalls in der Bäckerei, war ich. In der Ferne sah ich meinen neuen Feind: die Schrulligkeit. *Dieser* Feind durfte mir auf keinen Fall zu nahe kommen. Ich war jetzt ein nicht mehr ganz junger Junggeselle, ich brachte regelmäßig meine verschwitzten Hemden in die Wäscherei, ich bezahlte meine niedrigen Telefonrechnungen, ich kaufte mir gelegentlich eine Krawatte oder ein paar Socken, die ich nicht brauchte. Manchmal, nachts, verließ ich das Bett, ging in der Wohnung umher und fand nichts, keine Trauben, kein Brot, keinen Brief, keine Frau, keinen Wein, kein Geld, keinen Apfel, noch nicht einmal Apfelsaft stand im Kühlschrank. Ich gehörte mal wieder zu den Menschen, die oft nicht wissen, was mit ihnen los war. Diese Menschen vergessen schnell, was sie unterwegs gesehen, gedacht und gesagt haben. Wenn ich sagte, dass ich Zerstreuung suchte, wurde ich oft ausgelacht. Was, hier, Zerstreuung, du?! sagte mancher und schaute mich an. Das bloße Umhergehen in den Straßen hatte keinen guten Ruf. Die x-beliebige Straße galt als schlicht, flach und sogar dumm. In »gebildeten Kreisen« galt die Straße als peinlich, grotesk, ordinär, viele gaben sich schon an ihren schlichten Namen zu erkennen; sie hießen Kasseler Straße oder Hessische Landstraße oder Kanaldamm oder Schleusenpfad, obwohl weder ein Kanal noch eine Schleuse in der Nähe war.

Zwei Tage später traf ich am Ufervorland des Mains eine mir vertraut erscheinende Frau. Sofort fielen mir etliche intime Details ein. Ich empfand Glück, dass ich frei war, das heißt fast erinnerungslos, außerdem nicht krank, nicht schüchtern und nicht bankrott. Auf beiden Seiten des Mains gab es sanft abfallende Böschungen, auf denen hohes Gras und Schilf wuchsen. Ich überlegte, woher ich die Frau kannte. Sie beugte sich ein wenig nach vorne, so dass ich leicht in ihren Ausschnitt sehen konnte. Sie trug keinen BH; ihre Brüste waren klein, aber entzückend, wie im Kinderzimmer liegengebliebenes Spielzeug. Ich erinnerte mich: ohne Ergebnis. War es Ursula, mit der ich (long long ago) auf der Documenta war? War es Christa, die mit mir durch die Räume des Jeu de Paume wandeln wollte? Oder Susanne, die Amsterdam nicht verlassen wollte, ohne das Van-Gogh-Museum besucht zu haben? Oder Veronika, die sich das Städel ausgesucht hatte? Ich erinnerte mich an die Gesichter, an die Namen und zuletzt an … ach, ich wusste nicht an was. Öfter saß ich irgendwo und wartete auf die Wiederkehr von kombinierten Details: Name und Ort, Datum und Kleid, Krankheiten und häufige Erregungen. Meine Aufmerksamkeit war (ist) schweifend, nicht besonders intensiv, ich beklagte mich oft, aber nur stumm: für mich. Ich sah öfter ein älteres Ehepaar mit prallvollen Rucksäcken. Und jedes Mal fragte ich mich: Wandern die beiden mit vollen Rucksäcken immer nur in der Stadt umher? Oder erledigen sie Großeinkäufe für eine Riesenfamilie? Oder verpassen sie oft ihren Zug und/oder sind sie auf der Flucht?

Der Andrang der Erinnerungen war schuld, dass ich zurzeit nicht die Ruhe fand, ein hartgekochtes Ei in Ruhe zu schälen. Immer wieder kamen Details an meine Jugendlieben dazwischen. Prompt legte ich das störrische Ei hin, schaute aus dem Fenster und wartete auf die Rückkehr vergangener Bilder. Einmal war mir aufgefallen, dass Ursula nachts zu häufig und zu schnell auf die Toilette ging. Es störte sie wieder und wieder der Nachtschweiß, der sich in ihrer Popofalte bildete. Ich nahm ein Papiertaschentuch und fuhr damit ihre Popofalte entlang.

Irritiert fragte sie: Was machst du da?

Ich will dir nur ersparen, sagte ich, dass du wegen nichts und wieder nichts so oft aus dem Bett musst.

Willst du mich auf den Arm nehmen?

Keineswegs, antwortete ich; außerdem ist es doch außerhalb des Bettes meistens kalt, nicht?

Ursula war entzückt über meine Umsicht und umarmte mich kurz danach im Bett.

Du bist der einzige Mann, sagte sie, dessen Einfühlung auch noch in der Toilette funktioniert und mich befreit von, ja, ach Gott ... du weißt, was ich meine.

Nach dieser Erinnerung war es für mich doppelt schwer, das Verschwinden von Ursula aus meiner Biographie (oder war es Christa?) hinzunehmen oder wenigstens (als Erinnerung) zu verstehen.

Ich erschrak, als ich mir deutlich machte, dass meine Existenz von zwei im Kern lächerlichen Katastrophen gekennzeichnet war: das mir unverständliche Leben meiner Mutter und das mir noch unverständlichere Leben meines Vaters. Auch meine Solo-Existenz in einer Drei-Zimmer-Wohnung stieß mir bitter auf. Ich hatte erwartet, dass aus Ursula (oder Christa) und mir, wie soll ich sagen, ein Paar mit Zukunft werden würde. Es machte mir nichts aus, Tag für Tag allein in einem Zimmer zu frühstücken, manchmal sogar an einem Arbeitstisch. Auf der Straße ging wie so oft eine leicht verworrene Frau entlang. Sie musste ihr inneres Durcheinander nicht immer zeigen, weil sie (das war meine Vermutung) regelmäßig Tabletten schluckte, die wiederum der Grund ihres Taumels waren. Ihre Verwirrung trat mit starkem Druck hervor. Dann warf sie ihre Tasche weg, ging eng an der Hauswand entlang und schimpfte mit ergreifender Verbitterung gegen weiß Gott was. Kaum war sie weg, überlegte ich, ob es vielleicht eine Restangst war, die mich zuweilen durch die Straßen trieb. Wenn ich als Kind überfordert war, nahm ich unsere kleine Milchkanne und ging zum Lebensmittelhändler. Dort arbeitete die kaum 15jährige Elfriede, die meine Kanne nahm und sie bis zum Rand mit Milch füllte. Der Grund, warum ich so gerne zum Milcheinkaufen ging, war das engelhafte Gesicht von Elfriede. Ich hätte sie gerne geküsst, wie ich manchmal einen Pfirsich geküsst hatte, bevor ich ihn aß. Da ich Elfriede weder küssen noch etwas Schönes zu ihr sagen konnte, schoben sich, kaum hatte ich den Laden verlassen, die Tränen vom unteren Rand der Augen nach oben, traten aus den Augen heraus und waren erst jetzt als Tränen erkennbar. Obwohl mich die Tränen erleichterten, litt ich schon wieder, weil Elfriede meine Tränen nicht hatte sehen können.

Der Hausbesitzer verlangte, dass die Mieter sogenannte Rauchwarnmelder in ihren Wohnungen installieren ließen. Zwei Monteure erschienen und packten drei Rauchmelder aus. Ein Monteur sagte, dass sich zuerst eine ausreichende Menge Rauch im Raum befinden muss. Schon dieser Satz irritierte mich, aber der Monteur redete weiter. Die Geräte müssen so installiert werden, dass sie im ganzen Haus zu hören und zu riechen sind, damit bei Gefahr alle Bewohner rechtzeitig fliehen können, verstehen Sie. Ich nickte, dabei verstand ich jetzt noch weniger. Ich traute mich nicht, dem Monteur Fragen zu stellen. Mein ganzes bisheriges Leben hatte ich fern von Rauchmeldern verbracht. Schweigend wartete ich, bis die Monteure meine Wohnung verlassen hatten. Ich setzte mich auf einen Stuhl und wollte den Rauchwarnmelder gleich betätigen, weil ich wissen wollte, *wie es ist*, wenn man im Rauch sitzt und Alarm schlägt. Das wollte ich schon lange wissen, aber mein Leben war bisher ohne einen einzigen Alarm abgelaufen. Viel näher war mir die Angst, dass in der Nacht mein Konto von Unbekannten geplündert worden war, obwohl ich wusste (ahnte), dass es sich dabei um Hirngespinste handelte. Draußen schwirrten merkwürdige Gespenster umher. Waren es Vögel? Fledermäuse oder Krähen mit besonders breiter Flügelspannweite? Oder waren es nachtaktive Tiere, die in den Blättern vom Vorjahr raschelten? Als Schüler gefiel mir das Wort ›nachtaktiv‹ sehr. Wenn meine Eltern gemeinsam ins Bett gingen, dachte ich oft höhnisch vor mich hin: Seid ihr jetzt wieder nachtaktiv, ich kenne euch doch.

Wenn sich der Tag aufhellte, sammelten sich echte Krähen in den Kronen der Bäume. Eine Weile machten sie viel Lärm, aber dann beendeten sie ihr Krächzen und saßen ruhig wie Denkmäler auf den Ästen. Plötzlich empfand ich das Verlangen, sofort nach Hause zu gehen, obwohl ich schon in der Wohnung war und bloß nicht wusste, wo ich hinschauen sollte. Es näherte sich mir eine Überforderung wie in alten Zeiten. Ich fühlte meine beinahe stündlich zunehmende Verlassenheit. Aus Ratlosigkeit suchte ich alte Briefe von Ursula; ein Brief würde genügen, dann wüsste ich auch wieder ihren Nachnamen. Hieß sie nicht Spindler? Oder Wipfler? Oder Stemmler? Ich erinnerte mich, dass es ein lächerlicher Name war, den sie selber nicht gerne hörte. Das Radio meldete, dass es bald führerlose Eisenbahnen geben wird. Ein hoher Chef sagte, dass die Bahn nicht teilnahmslos an der Digitalisierung vorübergehen könne. Ich war entsetzt und schaltete das Radio ab. Ich hatte wenig Geld und das große Verlangen, mich vor vielem zu drücken. Es rührte mich die Umsicht junger Väter, die morgens ihre Kinder in den Kindergarten brachten und sogar den Brotbeutel der Kinder trugen. Wenn ich Zeit hatte und in passender Stimmung war, saß ich in Cafés, schaute Frauen an und dachte in einem fort: Die nicht, die auch nicht und die schon gar nicht. Dabei wusste ich oft nicht, was aus meinem Selbstgefühl geworden war; war ich jetzt eher einsam oder schon alt oder nur ein wenig verworren oder alles gleichzeitig? In der Wohnung hörte ich nur den tropfenden Wasserhahn. Ich schaute mich um, ob nicht doch noch etwas anderes geschah. Ich kämpfte nicht länger gegen meine Gewohnheit, früh zu Bett zu gehen und rasch einzuschlafen. Nein, ich kämpfte gegen meine Erschöpfung, nein, ich kämpfte gegen den Überdruss, ich kämpfte gegen meine bräunlichen Hautflecken, die ich im Gesicht hatte. Das Problem war, dass ich gegen Mitternacht schon wieder wach war und nicht wusste, was ich jetzt machen sollte. Viel deutlicher, als mir lieb war, merkte ich, dass ich keine neue feste Frau hatte. Sibylle war eine sozusagen übriggebliebene Frau, die mit dem Unbehagen nicht fertig wurde, dass auch ich für sie ein übriggebliebener Mann war. Jetzt stand ich allein in der Wohnung, war ausgeschlafen und hellwach, aber ohne Frau, dabei reichte meine Kraft für drei Frauen. Zum Glück konnte niemand meinen inneren Monolog mithören. In dieser Lage trat der Alkohol an mich heran und hatte mit mir keine Schwierigkeiten. Ich trank schnell drei Gläser Wein, hatte Lust auf ein viertes, hörte dann aber auf zu trinken. Ich überlegte, ob ich einen Brief an Christa schreiben sollte (könnte). Sie war verheiratet mit einem Mann, der nicht mehr mit ihr ins Bett ging (normale Eheverwehung). Deswegen schlief ich schon eine längere Weile mit ihr, aber sie konnte nicht aufhören, über ihre Probleme zu sprechen. Prompt kam ich mir vor wie ein Ersatzehemann, wie ein Eheerörterungsmann.

Nein, sagte sie, *mein* Ehemann ist der Ersatzmann, *du* bist mein richtiger und wirklicher Mann.

Ich lachte ein bisschen und dachte an ihre großen Brüste, die hin- und herschaukelten, wenn sie auf mir saß.

Weiß dein Mann, fragte ich, dass *er* der Ersatzmann geworden ist?

Wir reden nicht über solche Dinge, sagte sie; manchmal ist er der Notfallmann, wenn du nicht willst.

Ich verstehe, sagte ich.

Ich hatte schon wieder Verlangen nach ihr. Es gab für Menschen eben keine feststehenden Brunftzeiten wie bei den Tieren, das war vielleicht das Problem. Kurzzeitig widmete ich mich meiner Dauererörterung, ob ich im Kern meines Subjekts vielleicht verlassen werden wollte. Vom Fenster aus betrachtete ich eine Frau auf einem Fahrrad. Sie bewegte sich langsam und schaute und schaute in viele Vorgärten, an denen sie vorüberfuhr. Vermutlich war die Frau treu und hatte keine spleenigen Ideen. Warum kennst du *diese* Frau nicht? fragte ich mich und schaute ihr nach, bis ich sie nicht mehr sah. Diese Frage stellte ich mir auch oft, wenn ich einer zierlichen Hochstaplerin begegnete, die nicht weit von mir wohnte. Sie rechnete vermutlich nicht damit, dass man (ich) sie als Hochstaplerin durchschaut haben könnte. Einmal behauptete sie, dass sie »für das Fernsehen« Werbefilme herstellte; ein andermal organisierte sie als Managerin große Modenschauen in den riesigen Hotels der Stadt; und dann wieder war sie Agentin der schweizerischen Uhrenindustrie. Sie war so sehr verliebt in sich, dass sie nicht auf die Idee kam, dass man kaum noch einen Satz glaubte und stattdessen Vergnügen hatte an ihrem kindischen Ich-Getue. Meistens hatte sie einen Hund dabei, ein schmales, hochgewachsenes Tier, mit dem sie an Hunderennen teilnahm, sagte sie. Das Reden mit ihr war anstrengend. Wenn ich eine halbe Stunde mit ihr geplaudert hatte, fühlte ich mich erschöpft, unwillig, von fremden Geistern verschlissen. Zu Hause legte ich mich hin und knipste das Radio an. Oft knisterte und rauschte das Gerät; es war möglich, dass ich den Sender nicht richtig eingestellt hatte; oder ich hatte an diesem Nachmittag kein Glück. Der Empfang war jetzt sogar mäßiger als zuvor. Noch dazu knackte es in meinem Hals. War das möglich? War mein Hals so verschlissen wie ein altes Radio?

Weil ich keine Ruhe fand, piesackte mich wieder das Problem, was aus mir werden sollte. Ich war schon als Kind überfordert. Deshalb fiel es mir später leicht, Überforderung als allgemein vertraut zu empfinden. Deswegen war es empfehlenswert, sich in der Überforderung einzurichten. Als Kind war die Überforderung eine Art Unpassend-Sein. Ich fühlte mich für die Welt nicht geeignet. Viele Jahre später hörte ich von Frauen, sie seien dann und wann »unpässlich«. Die Gründe dafür waren mir lange unbekannt; sie interessierten mich auch nicht, denn für seine Unpässlichkeit brauchte der Mensch keine Begründung. Wer passte schon in seine Verhältnisse? Als Halbwüchsiger war ich immer neidisch auf die Frauen, die wiederkehrend und fortlaufend unpässlich waren. Als Mann durfte man damals eine Frau nicht einmal fragen, ob sie gerade unpässlich sei. Schon diese Frage war für viele Frauen eine Beleidigung.

Ich lief in der Wohnung umher und sah dabei auf meine Hose. Sie gefiel mir nicht (mehr), sie war zu eng und zu verbraucht und wirkte fast schon abstoßend; vermutlich war sie nicht mehr zu retten. Während des Studiums hatte ich gelernt, eine solche Lage überkomplex zu nennen. Der überkomplexe Mensch konnte nicht mehr erkennen, mit welchem Problem er/sie anfangen sollte. In diesen Augenblicken sah ich auf meine verschlissene Hose und hatte Mitleid mit ihr. Genaugenommen müsste ich noch heute zu einem Hosenberater gehen, wenn es Hosenberater gäbe. Aber es fehlte an fachkundigen Männern und Frauen, an die man sich (ich) wenden konnte, weil sie für ihre Hosenerfahrung bekannt waren. Ich überlegte wieder, ob ich mich nicht in den Personalbüros einiger großer Bekleidungshäuser vorstellen sollte: als Hosenberater. Das Problem war: Falls mich ein Chef fragen würde, wie ich Hosenberater geworden war, müsste ich stottern und unter den Schreibtisch schauen – und meine Karriere wäre im Eimer. Wenigstens das Problem hatte ich erkannt. Während ich nachdachte, trocknete mir der Mund aus. Man hätte mich wegtragen können, so einfallslos und innerlich ausgeschabt kam ich mir vor. Zu meiner Hilflosigkeit passte, dass mich eine alte Angst wieder überfiel. Ich stellte mir vor, dass mein Vater (schon lange tot) meine Mutter (noch länger tot) verprügelt hatte. Danach lag sie auf dem Boden und röchelte. Ich musste mich schnellstens zu meiner Mutter niederbeugen, um weitere Schandtaten meines Vaters zu verhindern oder wenigstens zu mildern.

Draußen wurde es nicht heller, im Gegenteil, es wurde dunkler, fast finster. Ich merkte, wie sich in mir das Gefühl einer bevorstehenden Verwirrung ausbreitete. In meinem Kopf wurde es kellerdunkel. Momentweise fürchtete ich, dass ich vielleicht verrückt wurde. Das hatte ich schon öfter angenommen, zum Glück war es nie so weit gekommen. Ich wusste, dass ich nach einiger Zeit aus dem Verrücktheitsgefühl wieder herausfand. So war es auch diesmal. Ich staunte über die Amseln, von denen einige in den immer noch verregneten Bäumen saßen und mit ihrem flötenden Gesang der Verwirrungen der Menschen geduldig beseitigten. Ich war dankbar, dass ich nicht religiös war. Wäre ich religiös gewesen, würde ich jetzt vielleicht gebetet haben. Es war (vermutete ich) eine religiöse Eingebung, dass meine Gedanken das Thema wechselten. Denn ich musste mir schon längst neue Schuhe, Unterhemden, Socken, mindestens zwei neue Hemden und eine Mütze kaufen. Durch Zufall geriet ich vor einen Kasten mit einem Sonderangebot Socken. Unüberlegt wie so oft kaufte ich drei Paar schwarze Socken. Zu Hause las ich auf den Socken den seitlichen Aufdruck: 1a Diabetiker-Socken. Was waren Diabetiker-Socken? Ich hatte das Wort nie zuvor gehört oder gelesen. Ich legte sie in eine Schublade, in der schon viele Socken untergebracht waren. Sekunden später nannte ich die Schublade die Schublade des Vergessens. Ich musste kurz lachen und wusste nicht warum.

Niemals hätte ich es für möglich gehalten, dass ausgerechnet eine Erinnerung an meinen armseligen Vater mir aus meiner inneren Verengung heraushalf. Ihm, meinem Vater, war es in den siebziger Jahren gelungen, ein Angestellter zu werden. Es war der große Traum vieler Arbeiter in diesen Jahren, die Drehbank und den Schraubstock gegen einen Schreibtisch zu tauschen. Einmal, als er Hunger hatte, öffnete er seine Arbeiteraktentasche und holte ein Wurstbrot heraus, das ihm seine Frau wie jeden Tag in die Tasche geschoben hatte. Er verspeiste das Brot am Schreibtisch sitzend; er weigerte sich, den Telefonhörer in die Hand zu nehmen, weil ein Angestellter beim Kauen nichts anderes tun sollte als essen. Zwei jüngere Angestellte (erzählte er damals zu Hause) verließen das Büro, weil sie lachen mussten und einen Arbeiter beim Essen nicht kränken wollten.

7

Die Stadt, in der ich lebte, lag in einer Ebene. Es gab nicht eine einzige Straße, die zu einem kleinen Berg hinauf- oder hinabführte. Ich erinnerte mich an Straßen in fremden Städten, die sanft in eine Tiefe hinabsanken, wo dann plötzlich das Meer und ein kleiner Hafen sichtbar wurden, in dem Schiffe vor sich hin schaukelten. Die Straßen dort waren eng, malerisch und schmutzig, die Läden halbleer, die Ehemänner tot und die Rollläden nicht ganz hochgezogen. Diese sanfte Schläfrigkeit gab es hier nicht. Hier waren die Geschäfte sogar *vor* den Menschen wach, Verkäuferinnen machten sich unablässig frisch, ein Chef redete ins Handy, die 1. Verkäuferin schickte die Lehrlinge herum. Wenn ich draußen umherging, dachte ich wenigstens nicht an meinen Tod. Nur zu Hause, in der Wohnung, überfielen mich Gedanken der plötzlichen Trennung und des Abschieds. Dabei drang ich nicht in das Innere der Probleme vor. Ich beschäftigte mich rasch mit der Frage, was mit meinen Schallplatten, CDs, Büchern und den Regalen geschehen sollte, wenn es mich nicht mehr gab. Und ob ich den Keller und den Speicher *vorher* aufräumen musste, weil ich als Halbtoter dafür nicht mehr die Kräfte hätte. Der Tod war dann plötzlich ein Haushaltsproblem, eine groteske Verschiebung, in deren Nähe ich mich wohlfühlte. Ich bildete mir ein, frei zu sein; allerdings gingen die Tage zu schnell vorüber. Zum Trost sagte ich mir: Ich fliehe nicht, meine Tage fliehen.

Sibylle löste ihr Sparbuch auf und schenkte mir 19 000 Euro, die sie über die Jahre zur Seite gelegt hatte. Ich war sprachlos. Sibylle küsste mich wie ein Kind, sie drückte mich wie ein Kind an die Brust und sie weinte wie ein Kind. Ich hielt mich zurück. Es war mir in den zurückliegenden Wochen klargeworden, dass Sibylle nicht gefragt werden wollte. Ich hatte den schrecklichen Gedanken, dass es sich bei den 19 000 Euro um eine Art Abfindung handelte, die mir den Mundinnenraum klebrig machte, weil ich nicht wusste, weswegen ich abgefunden werden sollte. Meine Aufmerksamkeit wurde schweifend und nachlässig, das heißt nicht besonders intensiv. Ich ging dieser Tage frühzeitig zu Bett und hatte vergessen, meinen linken Hausschuh auszuziehen. Ich erschrak nicht einmal; ich sagte nur zu mir: Das sind die Silvester-Kracher des Sommers. Ein kaum getarntes Grauen huschte durch meine Wohnung. Mir fiel auf, dass ich mein Zuhause rasch verließ und auch rasch wieder aufsuchte. Ich war öfter bedrückt und überlegte, ob ich nicht in die Innenstadt fahren und mir ein Paar Schuhe kaufen sollte. Ein Einwand hielt mich zurück: Es sind doch Frauen, die sich unüberlegt Schuhe kaufen, wenn sie ihre Tage haben, oder?

Ein Vogel flog gegen die Oberleitung der Straßenbahn und löste einen kleinen Blitzschlag aus. Die Fahrgäste saßen so erschrocken in der Bahn, als seien sie selbst vom Schlag getroffen. Es geschah eine Weile nichts, dann traf ein Werkstattwagen der Stadtwerke ein. Zwei Arbeiter kletterten auf das Dach der Straßenbahn. Während die Reparatur andauerte, erinnerte ich mich an eine kurze Affäre, die ich mit 14 oder 15 hatte. Damals schleppte ich für ein Taschengeld dreimal in der Woche Eierkohlen und Briketts in die im vierten Stock gelegene Wohnung einer nicht mehr jungen Frau. Jedes Mal kam ich verschwitzt oben an. Die Frau hatte Feuer in ihrem Badeofen gemacht; als das Wasser genügend warm war, zog mich die Frau aus, stellte mich in die Badewanne und wusch mich. Sie wusch auch meine Unterwäsche und kaufte mir dann und wann neue Unterhosen und Unterhemden. Sie spreizte mir mit den Händen die Beine, damit sie auch mein Geschlecht waschen konnte. Erstmals erlebte ich dabei, wie mein Geschlecht in der Hand einer Frau steif wurde. Sie sah, dass ich verdutzt war, gab aber keine Erklärungen ab. Weitere Intimitäten hat die Frau unterlassen. Meine Mutter, untüchtig, ehemüde und vom Leben enttäuscht, sah zwar, dass ich neue Unterwäsche hatte, aber sie erkundigte sich nicht nach deren Herkunft. Meine Mutter verdunkelte schon am Nachmittag das Schlafzimmer und legte sich ins Bett. Wahrscheinlich hatte sie bemerkt, dass es eine Frau geben musste, die sich um mich mehr kümmerte als sie, aber sie war auch dankbar für diese anonyme Hilfe. Es war zwar Nachkriegszeit, aber es herrschte nach wie vor die Not eines immer noch weitergehenden Krieges. Meine Mutter scheute sich, mich direkt nach der Herkunft meiner Unterwäsche zu fragen; dafür war sie zu gehemmt.

Ich vermisste mehr Tiere in der Stadt. Ich wollte nicht nur immer wieder Hunde sehen, sondern dann und wann einen Pelikan, ein Gnu oder ein schlafendes Krokodil. Ich war weder musikalisch noch religiös, aber jetzt fiel mir der Beginn einer Kantate von Bach ein: Wo soll ich fliehen hin? Die Frage war eine präzise Beschreibung meiner Lage: Ich wusste nicht wohin. Ich genoss zwar die Augenblicke erschöpften Innehaltens, aber dann ergriff mich wieder die Leere. Es war mir noch nicht einmal klar, wo ich hinschauen sollte. Ich hatte das Gefühl, dass nichts Neues mehr geschah; ich durchlebte nur noch innere Wiederaufbereitungen älterer Vorkommnisse. Ich wusste nicht, ob ich damit zufrieden sein durfte oder eher nicht. Ich war umzingelt von jüngeren Angestellten; sie lebten ordnungsgemäß, sie heirateten ordnungsgemäß, sie starben ordnungsgemäß und wurden im Rahmen einer ordnungsgemäßen Beerdigung beseitigt. Es kam niemand vorbei, der mich anschaute oder mir etwas verkaufen wollte. Die übriggebliebenen Männer, die in der mittleren Nachkriegszeit auf der Straße Rasierklingen oder Lotterielose verkauften, gab es nicht mehr. Eine merkwürdig gesäuberte Welt war übriggeblieben, die jedoch keinen vertrauenswürdigen Eindruck machte.

Durch einen anderen Zufall fiel mir auf, dass ich kaum noch an Sibylle dachte. Ich war darüber beunruhigt, und auch wieder nicht. Auf meiner linken Hand entdeckte ich erste Altersflecken. Ich rieb eine Weile an den Flecken herum, aber sie verschwanden nicht. Mir fiel eine lang zurückliegende Szene mit Sibylle wieder ein. Meine keuchende Kaffeemaschine erinnerte sie an ihr eigenes Keuchen, wenn sie in die Nähe eines Orgasmus geriet. Ich musste lachen über den Vergleich und versicherte Sibylle, dass sie weder *vor* noch *während* noch *nach* einem Orgasmus Ähnlichkeit mit einer Kaffeemaschine hatte. Sibylle lachte ebenfalls und warf sich mir um den Hals. Ich blickte auf meine linke Hand und hatte den Eindruck, dass sie schon tot war. Dabei sah meine Hand schon immer so aus, wie sie auch jetzt wieder aussah. Wahrscheinlich war es mein Blick, der tot war. Am

Abend, als ich mich auszog, schaute ich lange auf meine Knie. Meine Knie sahen toter aus als meine Hände. Nur weil ich vom Umhergehen müde war, stellte ich keine weiteren Fragen an meine Knie. Kurz vor dem Einschlafen fiel mir ein, dass ich seit meiner Kindheit fast täglich fliehen wollte: ohne Plan, ohne Geld, ohne Mut, ohne Ziel, von der Straßenecke weg von jetzt auf nachher. Nur aus Furcht, dass die Flucht nicht gelingen könnte, fand sie nicht statt. Zurück blieb ein schreckliches Durcheinander in meinem Kopf. Einerseits trauerte ich über die ausgebliebene Flucht, andererseits belustigte mich die Ratlosigkeit des Rückzugs. Ich war tatsächlich froh, dass mich meine Mutter wenigstens zum Einkaufen wegschickte. Ich freute mich, Brot, Obst, Milch, Butter, Wein, Mineralwasser und eine Zitrone nach Hause schleppen zu dürfen; heute stöhnte ich schon auf, wenn ich nur in die Reinigung musste, um meine Wäsche abzuholen. Wenig später fiel mir endlich auf, dass sich meine Schuhe am Rand des Zerfalls befanden. In dieser Hinsicht fehlte mir der scharfe Blick von Sibylle. Sie hätte mich an einem Wochenende zwingen können, mit ihr ein Paar neue Schuhe zu kaufen. Jetzt hatte ich eine künstliche Aufreizung nötig, auf die ich mich nicht freuen konnte. Ich beschloss, in einen Schuh-Supermarkt zu gehen und mir dort ein Paar Schuhe zu klauen. Es war ein riesiger Laden ohne Verkäuferinnen, dafür mit drei oder vier Aufpassern, die unablässig umhergingen und die Leute anschauten, als hätten sie schon gestohlen. Ich hatte eine gewöhnliche Einkaufstasche mitgebracht, in der ich die Schuhe in Kürze hinaustragen würde. Den leeren Schuhkarton stellte ich wieder ins Regal zurück. Mit diesem schlichten Trick, so hoffte ich, würde ich unbehelligt entkommen. Ich litt trotzdem, weil ich derartige Erörterungen hatte vermeiden wollen. Es wäre grauenvoll, wenn mich jemand festhielte und ein Geschäftsführer einen Polizisten von draußen hereinwinken würde. Ich verließ mit meiner simplen Einkaufstasche den Discounter und nickte sogar einer Kassiererin zu. Rasch war ich draußen auf der Straße, ich konnte es kaum glauben. Ich war kurz vor dem Zugriff gewesen, als sich ein wimmeliges Getümmel mit Frauen, Kindern, Tanten und Omas um mich herum gebildet hatte. Draußen wischte ich mir den Schweiß von der Stirn und sagte zum zweiten Mal zu mir: Noch einmal darf das nicht passieren. Aber was denn nur? Mein psychischer Aufwand reichte aus für einen gelungenen Diebstahl, für einen erstmals riskierten Trick und für eine Flucht ohne Beute. Meine Gedanken waren bei Sibylle, was ich nicht wollte. Sie war eine Art Memorial geworden, ein endloses Hirnkino mit dauernd wechselndem Programm. Einmal half sie mir (im Hirnkino) beim Schuhdiebstahl, dann schnitt sie mir das Haar (weil mir der Besuch beim Friseur Übelkeit verursachte), dann masturbierte sie mich und zeigte mir, wie stolz sie war, sich so gut auszukennen im männlichen Sexualbetrieb.

Ich ließ den soeben abgelaufenen Kurzfilm noch einmal ablaufen und betätigte mich dabei als Liebesräsoneur. Mit müde geschauten Augen blickte ich umher und suchte nach irgendeiner Tür, durch die ich hätte verschwinden können. Ein dicker Mann mit Glatze und abgewetzten Jeans stieg aus einem dicken Auto, griff nach einer Mappe, zog seine verrutschte Hose hoch, nahm eine Banane aus dem Auto, schälte sie und aß sie beim Weggehen. Ein zerfranster Abend kündigte sich an. Still und in mich gekehrt war ich schwer ansprechbar. Zum Glück kam niemand vorbei, der es trotzdem versuchte. Ich machte mir jetzt schon Sorgen, wie ich später einmal meine Zeit füllen sollte. Nicht einmal ins Kino wollte ich gehen. In einem Park herumsitzen und poetisch einen Brief schreiben: unmöglich. Ich wusste zwar die Adressen von Frauen, die sich über einen Brief von mir gefreut hätten, aber es genügte mir, an die Frauen zu denken. Schon wieder stellte ich mir vor, dass Sibylle verschwinden wollte, weil sie nicht wusste, was sie mit einem rasch alternden Mann anstellen sollte. Ich brauchte Geld, aber ich ging nicht gerne zur Bank. Man wird in den Schalterhallen zu lange beobachtet und eingeschätzt. Dabei gehörte ich zur Masse derjenigen, die nur ein belangloses Konto haben und von Zeit zu Zeit ein bisschen Geld »abheben«. Wieder zogen problembeladene Einwohner durch die problembeladene Stadt. Ich erinnerte mich an einen Heringssalat, den ich in einem Fischgeschäft gekauft hatte. Zu Hause ekelte ich mich so sehr vor den Heringsstücken, dass ich den ganzen Salat in die Toilette schüttete. Wieder ging ein fast geräuschloser Regen nieder. Ich stellte mich unter die Markise eines Modeladens, wartete und schaute umher. Im beginnenden Dunkel des Spätnachmittags betrachtete ich einen halb betrunkenen, schwerfälligen Mann in einem fleckigen Übergangsmantel, den ich, weil ich übermüdet war, kaum von einer wandelnden Mülltonne unterscheiden konnte. Ältere Frauen zeigten ihre speckigen Oberarme. Am besten gefiel mir eine junge Mutter, die ihren Säugling aus dem Kinderwagen herausholte, sich eine Bank zum Sitzen suchte und das Kind stillte. Ich überlegte tatsächlich, ob ich sie fragen durfte, mich neben sie zu setzen. Meines Erachtens war sie nicht zufrieden damit, dass sie so wenig Aufsehen erregte. Um den billigen Rotwein auszuhalten, den ich gestern getrunken hatte, aß ich jetzt Salzbrezeln. Die stillende Mutter sah zu mir herüber, ich reichte ihr zwei Salzbrezeln, die sie sofort nahm und aufaß. Ich war in Versuchung, mit der Frau ein wenig herumzutändeln. Mein Instinkt sagte mir, dass sie von dem Vater des Kindes verlassen worden und jetzt dankbar für ein männliches Interesse war. Ich dagegen fragte mich: Warum habe ich bis jetzt kein Kind? Ich war ein vorausschauender Verhinderer; zuerst (jahrelang) Knaus-Ogino, dann immer mal wieder Zwischenphasen mit Präservativen, zum Schluss jahrzehntelang die Pille. Zum Trost sagte ich mir: Wer ein eigenes Kind hat (oder kriegt), braucht verlässliche Verhältnisse – eine Wohnung oder ein eigenes Haus, eine auch sexuell aufgeschlossene Beziehung, ein krisenfestes Einkommen und auch keine generationsübergreifende Konflikte (keinen Nazi-Vater etc). All diese Verhältnisse konnte ich anbieten, aber sie waren bis jetzt nicht gefordert worden. Ich war eingekesselt von stillenden Frauen, alten Männern mit Rollatoren, Hunden, Friseur-Salons, geschlossenen Tankstellen, Copyshops und Internetbüros. Ich suchte ein halbleeres kleines Kaufhaus, das der Vorstadt ähnelte. In der Nähe stieg eine Frau aus einem BMW und mit ihr zwei Hunde. Die Frau führte die Tiere auf eine nahe Wiese und wartete am Rand, bis die Hunde ihr Geschäft gemacht hatten. Danach leinte die Frau die Hunde wieder an und kehrte mit ihnen zum Auto zurück. Betrunkene Rowdys hatten abgeschlossenen Fahrrädern in der Nacht die Speichen eingetreten, die Ketten heruntergerissen und (in zwei Fällen) den Sattel aufgeschlitzt. Amseln rannten in Dachrinnen entlang und suchten nach Samenkörnern, Grünzeug und Würmern. Die Schalheit der Gegend und die Schalheit des Tages passten zueinander. Als Jugendlicher hatte ich ein paar Jahre geglaubt, ich sei weithin der einzige melancholische Mensch; ich wunderte mich damals oft, dass mein Vater kein Alkoholiker wurde. Er verdiente wenig, seine verdrießliche Ehefrau wartete trotzdem täglich auf ihn, und sein Sohn (ich) ahmte in der Schule die Erfolglosigkeit des Vaters nach. Weibliche Tauben flohen vor der Begattung. Die Männchen näherten sich direkt und tölpelhaft, die Weibchen flatterten herum und verließen die Äste und die Simse. Ich sah den Leuten ins Gesicht und wollte herausfinden, ob sie wenigstens melancholisch waren oder ob sie nur so aussahen. Zum Glück wurde mir die Antwort von Woche zu Woche gleichgültiger. Beim Duschen fragte ich mich, ob Herr Schnürle, den ich schon lange kannte, mit Vornamen wirklich Wilfried hieß, und ob Frau Birgel, die ich noch länger kannte, zwei Kinder hatte und nicht drei. Während des Geschirrabtrocknens sang eine Frau im Radio: O Herr, schütze mich, lass mich nimmermehr zuschanden werden. Ich war nicht religiös, aber ich wollte auch gerne mal einen Herrn bitten, nicht zuschanden zu werden. Ich sah und hörte viele schlurfende Greise, und es packte mich momentweise die Angst vor dem Alter. Ich sah den Greisen nach und erkannte für das Schlurfen drei Ursachen: 1. Die meisten Alten trugen zu große Schuhe. 2. Die Schuhe waren nicht haltbar zugeschnürt. 3. Die Schuhe waren schon viel zu lange Opfer der Schuhealtersschwäche. Die Greise erinnerten mich an meinen Vater. Je älter ich selbst wurde, desto schwerer konnte ich nachvollziehen, warum ich als Jugendlicher so heftig gegen ihn eingestellt war. Sibylle beschwerte sich wieder, dass mein Gesicht zu oft einen leeren, mutlosen, verlassenen Eindruck machte. Ich antwortete, dass ich ein natürliches Verhältnis zur Lächerlichkeit und Verlorenheit habe, was sie vermutlich nicht verstand. Ich würde meinen Vater heute gerne um Entschuldigung bitten, weil ich ihn so oft genervt und enttäuscht hatte.

Am frühen Abend rief mich Sibylles Vater an und teilte mit, dass Sibylle tödlich verunglückt war. Ich hatte sofort den Verdacht (das Gefühl), dass sie sich das Leben genommen und dass der Vater nicht den Mut hatte, mir die Wahrheit zu sagen. Ich war so fassungslos, dass ich keine Fragen stellen konnte. Als ich etwa zwanzig Sekunden lang nicht antwortete, sagte der Vater: Hallo, bist du noch da? Ja, antwortete ich, *ich* bin noch da. Er verstand wie so oft nicht die Ironie beziehungsweise er wusste nicht, was Ironie war. Er sagte: Du kannst zu uns kommen, wenn du willst. Zum Glück fiel mir eine wahre Antwort ein: Ich mag jetzt nicht reden. Darauf sagte er nichts mehr. Ich verabschiedete mich mit dem Satz: Ich meld' mich später nochmal. Ist gut, sagte er.

Ich schenkte mir ein Glas Bordeaux ein und gab mich für eine Weile meinen plötzlich traurig gewordenen Erinnerungen hin. Es war noch gar nicht lange her, da wollte Sibylle einen Laden eröffnen und feine Schokolade, teuren Kaffee und italienische Pralinen verkaufen. Vermutlich hätte sie es nicht lange ausgehalten, in einem wahrscheinlich kleinen Geschäft auszuharren und am nächsten Tag schon wieder und immer so weiter. Ich sah sie, wie sie hinter einer Theke stand und plötzlich die Tür abschloss, weil sie aus Ratlosigkeit weinen musste. Vermutlich hätte sie nicht gewusst warum: wegen ihrer Glücklosigkeit, wegen ihrer fehlenden Ausdauer und weil sie einen viel zu teuren Kredit zurückzahlen musste. Ich wunderte mich, woher und warum immer wieder diese übermütigen Menschen (wie Sibylle) auftauchten und nicht wussten, was sie mit ihrem Übermut machen sollten, dann aber kaltblütig einen Laden eröffneten und Ballettschuhe, Tennisschläger, Wolle, feine Schokolade, Kaffee, Schmuck und indische BHs verkaufen wollten. Sibylle hatte kein Gefühl dafür, dass sie eine zappelige, schicksalsanfällige Person war, die schon in viele offene Löcher hineingestolpert war und sich dann wunderte, dass sich selbst frühere Helfer und Freunde von ihr abwandten. Seit Sibylle tot war, führte ich ein reiches Erinnerungsleben, was ich eigentlich nicht richtig verstand. Es war mir unklar, warum ein Mensch erst tot sein musste, damit er sich angemessen im Weiterleben der anderen ausbreiten konnte. Dazu wäre der Tod nicht nötig gewesen! nörgelte ich vor mich hin. Sibylles Vater fragte mich, ob ich zur Beerdigung kommen werde. Ich zögerte, sagte dann aber ja. Daraufhin bat er mich, am Grab eine kleine Rede zu halten. Ich zögerte erneut und lehnte dann ab. Der Vater war gekränkt, gab seine Kränkung aber sofort an seine Frau weiter und sagte dann zu mir: Du hast meine Frau gekränkt. Während der Beerdigung klammerte sich Sibylles Mutter nicht an ihren Mann, sondern an mich. Anmutige Eichelhäher und Elstern schwirrten von Grabstein zu Grabstein. Auf dem Friedhof waren die Tauben irritiert, weil der gewöhnliche Lärm der

Stadt ausblieb. Meine Erinnerungen an Sibylle waren so lebendig, dass ich manchmal glaubte, sie sei gar nicht tot. Ich redete an sie hin wie in alten Zeiten. Sie war nach wie vor verblüfft, dass sie begehrt war. Ich musste ihr lange und umständlich erklären, dass sie nicht hätte verschwinden sollen. Sie saß (lag) wie immer im Zentrum ihrer schwerfälligen Klugheit. Gleichzeitig war ich mit mir selbst unzufrieden. Ich wollte keine Erinnerungen, ich sehnte mich nach Wirklichkeit. Auf der linken Wange von Sibylles Mutter sah ich einen fingernagelgroßen Fleck mürbe gewordener Haut. Hatte ihre Haut begonnen, aus Kummer zu welken? Der Pfarrer sagte: Der Herr hat's gegeben, der Herr hat's genommen. Das hätte er nicht sagen sollen. Erneut schossen Sibylles Mutter Tränen in die Augen. Um mich abzulenken, erinnerte ich mich an schöne Szenen mit Sibylle. Einmal kam sie auf die Idee, am offenen Fenster zu vögeln. Sie beugte sich nach draußen und schaute auf die Straße hinunter. Sie hatte die Gardine so geschickt verteilt, dass sie ihr von oben auf den Rücken fiel. Einmal wandte sie sich um und flüsterte mir zu: Nicht so fest stoßen. Später erläuterte sie mir, was sie gemeint hatte: Wenn du zu fest rangehst, können sich die Leute auf der Straße zusammenreimen, was hier geschieht. Nach etwa zehn Minuten ähnelte ich den anderen Beerdigungsteilnehmern, deren plötzlicher Leidbefall ihr Hauptmerkmal geworden war. Eine Frau hatte die Hände auf ihrem Bauch gefaltet; der Daumen ihrer linken Hand streichelte den Daumen ihrer rechten Hand. Nach einer Weile kam mir die Frau wie der einzige Mensch vor, der mit der plötzlichen Isolation der Trauer gut zurechtkam.

Nach Sibylles Tod wollte ich nicht zurück in das Mir-nichts-dir-nichts-Leben, erst recht nicht in die Gleichgültigkeit des Heute-so-und-morgen-so. Aber es war nicht einfach, vor dem Nichtstun zu fliehen. Meine Irritation über Sibylles Geldgeschenk verschwand nicht. Weil ich keine klare Einsicht in das Motiv des »Geschenks« hatte, beschloss ich, mich wie eine Art Sparkasse zu verhalten: ich bewahrte das Geld auf. Aus Überdruss am Trauern ging ich zum Hauptbahnhof und lief dort eine halbe Stunde herum. Natürlich war mir die tote Sibylle auch auf den Bahnhof gefolgt. Wenn wir miteinander geschlafen hatten und fast wortlos nebeneinanderlagen, untersuchte sie meinen Nabel und holte winzige Wollfusseln, Körperhaare und kleine Schmutzablagerungen aus der Tiefe des Nabels und redete dabei. Für den Fall, dass mir im Bahnhof ein Bekannter begegnete, war ich vorbereitet. Ich wollte sagen, dass ich meinen Sohn vom Bahnhof abhole, er würde zwei Tage bei mir bleiben und sich von mir in Berufsangelegenheit beraten lassen. Vermutlich braucht er Geld! Dieser Satz war riskant, weil ich keinen Sohn hatte, was viele meiner Bekannten wussten. Wenn sich jemand in meinen Verhältnissen auskannte, würde ich schnell als Lügner dastehen. Allerdings machte mir das nichts aus. Gelogen hatte ich schon als Kind, und die Nachbarn hatten mich deswegen bewundert. Zum Beispiel hatte ich als Kind behauptet, wir hätten zu Hause im Wohnzimmer Säcke voller Reis, Getreide, Zucker, Mehl und so weiter herumstehen, und die Nachbarn könnten ruhig zu uns kommen, wenn sie etwas brauchten. Zum Glück klingelten die Nachbarn nie an unserer Tür, jedenfalls nicht, weil sie etwas von uns wollten.

An den meisten Tagen glaubte ich, dass ich keine Angst vor dem Tod hatte. An angstvollen Tagen überlegte ich, ob ich an Krebs oder an einem Schlaganfall sterben werde. Dann wachte ich frühmorgens auf und die Angst vor dem vor der Tür wartenden Tod war das erste und einzige, was sich in mir noch regte. Ich konnte es nicht mehr hören, wenn meine Hausärztin zu mir sagte: Sie haben nichts, Sie sind gesund. Eigentlich hätte ich darauf antworten sollen: Und warum habe ich dann so oft Angst vor dem Tod? Diese Angst ist doch auch eine Krankheit oder nicht? Ich machte lange Spaziergänge durch die neblig eingefeuchtete Stadt, um die Angst kleiner zu machen. Natürlich führten die Spaziergänge nicht zu diesem Ziel. Ich musste froh sein, wenn ich nach solchen Spaziergängen noch den Weg in mein Bett fand, so erschöpft und hinüber war ich. Ja, hinüber, das war das richtige Wort für eine plötzliche Begegnung mit dem Tod. Meine Stimmung veranlasste mich, das Grab meiner Eltern zu besuchen. Mein Vater war ein Schlaganfallsmensch und meine Mutter war ein Krebsmensch. Der Vater kam mit zwei Schlaganfällen, die ihn kurz nacheinander trafen, ins Krankenhaus, wo er nach vierzehn Tagen starb. Meine Mutter kam mit einem Scheidenkrebs in dasselbe Krankenhaus. Dass sie einen Scheidenkrebs hatte, fand sie so peinlich, dass sie über ihre Erkrankung nicht sprechen mochte. Ich saß an ihrem Krankenbett und lauschte ihrer Stummheit. Der Krebs zog sich lange hin und machte sie doch ruckzuck zu einer sprachlosen Sterbenden. Vielleicht fiel ihr die eigene Sprachlosigkeit nicht auf, weil sie ihr ganzes Leben lang nicht viel gesprochen hatte. Ich überlegte, ob Sprachlosigkeit selbst eine Krankheit war. Sie hatte oft erzählt, auch noch im Krankenhaus (fast schon halbtot), wie ihr künftiger Mann ihr einen Heiratsantrag machte (auf der ewig langen Rheinbrücke) und wie sie daraufhin total sprachlos war und wie sie ihre Angst vor dem bedrohlichen Rhein als Grund angab, dass sie nicht sprechen und infolgedessen auch nicht heiraten konnte. Als ihr Mann (immer noch auf der Rheinbrücke) sie umarmte und sie von der Rheinbrücke herunterführte, war sie ganz sicher, dass dieser Mann für sie der richtige Mann war. Dann und wann nahm ich am Krankenbett ihre Hand; sie ließ sie mir aber nicht lange, weil sie glaubte, dass die zitternde Hand ihre Krankheit verriet.

Vom Himmel kam eine nicht alltägliche Mischung herunter. Tatsächlich konnte ich nicht unterscheiden, ob es sich um Schnee oder um Regen handelte. Die Straße war nass, kalt, grau und das menschliche Leben zurückweisend. Ich stellte mich unter den Baldachin einer großen Bäckerei. Einzig die unablässig startenden Flugzeuge röhrten und bohrten sich in den Himmel. Ich fragte mich, ob meine Mutter fähig gewesen wäre, diesen himmlischen Lärm als Trost zu empfinden.

8

Heute war Sonntag, ich hatte nicht viel vor. Ich musste mich nicht rasieren, ich musste mir nicht das Haar waschen, mir nicht die Zähne putzen, die Unterwäsche nicht unbedingt wechseln, ich musste mir nicht einmal überlegen, womit ich eine Frau unterhalten könnte, weil ich keine Frau hatte. Das heißt, der letzte Punkt war nicht völlig geklärt. Ich konnte nicht leugnen, dass mir meine Defizite (keine Arbeit, keine Frau, zu wenig Lebensfreude) fast täglich Sorgen machten. Christa, mit der ich im Jeu de Paume gewesen war, bot mir einen Nebenerwerb an, was mich eine Weile ratlos machte. Sie erklärte mir, womit sie Geld verdiente. Christa hatte angefangen, Zigarettenautomaten wieder populär zu machen. Ihr war aufgefallen, dass es in den 60er und 70er Jahren in jedem besseren Theater- und Kinofoyer einen Zigarettenautomaten gegeben hatte, in Bahnhöfen, Behörden und Unterführungen sowieso, aber auch in Toiletten, Wartezimmern, Postämtern. Zum Teil gab es in den Häusern starke Widerstände gegen ihre Automaten-Pläne, oft vollständiges Unverständnis. Aber je heftiger sie arbeitete, desto langsamer, aber auch stetiger hatte sie Erfolg. Ich sah in ihrem Gesicht, wie sie sich freute.

Während des sonntäglichen Umherschlenderns übermannte mich zuweilen das beglückende Gefühl, allen Leuten für immer entkommen zu sein. *Wovor* mir die Flucht gelungen war, teilte mir das Gefühl nicht mit. Meine obligatorische Trauer wurde schwächer, wenn ich mir kleine Anschaffungen erlaubte. Kaum war es Montag, legte ich mir Socken, einen neuen Gürtel und drei neue Weingläser zu. Natürlich trübte sich die Freude an den Dingen, als ich in der Wohnung bemerkte, dass ich sie nicht wirklich brauchte. Sie lagen, standen, hingen in der Wohnung herum, zum Teil nicht einmal ausgepackt; am liebsten hätte ich die Sachen wieder zurückgebracht oder weggeworfen. Der Überdruss/Überfluss führte nur zu einer andern Trauer, die noch sonderbarer war als die Trauer um eine verlorene Frau. Die Einzelheiten meines jugendlichen, weit zurückliegenden Liebeslebens mit Christa hatte ich vergessen. Ich war schon dankbar, dass mir wenigstens der Anblick von Christas nassem Achselhaar wieder einfiel, aber danach kam schon nichts mehr. Guter Gott, dachte ich, diese üppige Frau hatte mir einmal sehr gefallen, und jetzt reichte es nur noch für eine Erinnerung an ihre feuchten Achseln. Vielleicht war diese dürre Bilanz nur der bescheidene Selbstausdruck des täglich überschätzten LEBENS. Ich blickte mich um, weil ich plötzlich trostbedürftig war. Aber es fiel mir nur die Erinnerung an den Mantel meines Vaters ein. Der Mantel hing Abend für Abend bei uns zu Hause im Flur. Immerhin bemerkte ich damals, dass ich als Jugendlicher erstmals Mitleid sowohl mit dem Mantel als auch mit meinem Vater empfand.

Christa drängte auf den Besuch einer Nachtbar, weil sie noch nie in einer Nachtbar gewesen war. Ich auch nicht, sagte ich, worüber Christa lachte. Ich habe den Vorteil, fügte ich hinzu, dass ich Nachtbars nie vermisst habe; es ist dort zu laut, sagte ich, zu dunkel, zu teuer und die Toiletten sind verdreckt und heruntergekommen. Du kennst dich aber gut aus, sagte Christa.

Ich fühlte ihren Widerstand. Die Aussicht, demnächst eine Nachtbar besuchen zu müssen, machte mir schlechte Laune. Prompt hatte ich meinen diskriminierenden Blick. Es gab niemand, den ich nicht still und heimlich herabgesetzt hätte. Ich erschrak über die große Zahl von Einzelheiten, die zwischen Christa und mir geklärt werden mussten. Dabei hatte ich das Alter, in dem Liebesdetails erörtert wurden, längst überschritten. Wieder plagte mich das Gefühl, übriggeblieben zu sein. Auf der Stelle wollte ich ein Buch lesen mit dem Titel: Der Übriggebliebene. Die Chefin eines Spezialitätenrestaurants erschien vor der Tür des Lokals und schrieb mit Kreide auf eine Schiefertafel, was der Küchenchef heute anbot. Ich kaufte eine Schale Erdbeeren und eine Handvoll Trauben, dazu Erdnüsse, Schokolade und Wein. Zu der endlos von mir entfernten Sibylle sagte ich halblaut: Die Turbulenzen zwischen uns machen dich wieder lebendig. O Gott, seufzte ich, jetzt spricht, aufpassen, jetzt spricht der schon lang von mir erwartete Oberlehrer. Im Augenblick wusste ich mir nicht zu helfen. Ich fragte mich, ob es eine von Widrigkeiten befreite Wirklichkeit gab oder nicht. Wahrscheinlich gab es nicht die oft besprochenen Tragödien (fortgesetzter Ehebruch, lebenslange Krankheit, angeborene Faulheit), sondern nur kleine eklige Behinderungen (Schlafstörungen, Leere des Kopfes, vorzeitige Ejakulation, Hautjucken etc.) – oder die Drohung, demnächst ein paar Stunden in einer Nachtbar verbringen zu müssen. Es war nach wie vor Sonntag. Ich überlegte, ob ich zu Christa sagen sollte (könnte), dass ich mit einer versteckten Krankheit kämpfte und Nachtbars meiden musste. Wahrscheinlich würde sie darüber lachen. Ich gehöre zu den vielen Menschen, müsste ich dann sagen, die von Jugend an mit sonderbaren Einschränkungen zu kämpfen hatten, obgleich diese Einschränkungen im Kern unwirksam waren. Meine Mutter nannte diese Leute die Nichttotzukriegenden. Als Kind verstand ich nicht, warum meine Mutter dieses Wort aussprach. Die Nichttotzukriegenden waren außer mir nur Wanzen, Motten, Flöhe und Zecken. Aber meine Mutter empfand nicht, in die Nähe welcher Tiere sie mich gerückt hatte. In der Erinnerung steckte eine zweite Erinnerung, die noch weiter zurücklag: wenn meine Mutter spaßig gelaunt war, zupfte sie mich an den Ohrläppchen. Mein damaliger Deutschlehrer zog mich am Ohr aus der Schulbank und gab mir nicht immer, aber zu oft eine Ohrfeige. Nach einer solchen Ohrfeige war ich halb ohnmächtig und wünschte mir, in einem Iglu in der Antarktis spurlos verschwinden zu dürfen, damit ich für den Lehrer und meine Mutter unauffindbar wäre, außerdem für jeden Kontrolleur, ferne Liebhaberinnen und Polizisten. Ich fragte schon als Jugendlicher oft, wie es ist oder sein mag, wenn ein Mann eine frühere Geliebte nach langer Zeit wieder zu lieben begann. Ich war so dreist, darüber auch mit Christa zu sprechen. Sie lachte und sagte: Es ist nichts Besonderes, es ist wie die Mahnung einer Mutter, mit der Liebe zu ihr niemals nachzulassen.

Kaum eine Mutter ahnt, sagte Christa, dass schon ihr Kind an Liebeserschöpfung leidet.

Jetzt lachte ich.

Ein Kind ist aber doch nicht von der Mutterliebe erschöpft, sagte ich, sondern das Kind ist nur normal müde, weil es den ganzen Tag auf der Straße herumrennt.

Ein Kind kennt noch nicht die Unterschiede zwischen Verausgabung, Erschöpfung und Überdruss.

Du widersprichst dir, sagte ich.

Sie überlegte eine Weile und sagte dann nur: Na und.

Vermutlich hatte Christa schon länger gewusst (geahnt), dass sie mit ihrem Automatenprojekt scheitern würde. Die Besitzer von Restaurants und Nachtbars wollten keine Automaten mehr anbringen lassen in ihren Lokalen. Sie behaupteten, die Automatenidee funktioniere nur deswegen nicht mehr, weil das Rauchen nicht mehr populär sei. Jeder weiß, dass Raucher krebsanfällig sind, das hat man in den 60er und 70er Jahren noch nicht so genau gewusst, sagte sie. Ich fürchtete, dass sich Christa langsam und stetig von mir entfernte. Seit ich mich älter fühlte, stellte ich mich auf kommende Komplikationen ein. An stillen Abenden, wenn ich mit mir allein war, wollte ich wissen, auf welchem Gebiet ich die schmerzlichsten Verluste zu erwarten hatte. Da mir keine Fluchtwege bekannt waren, bedrängte mich die Idee, dass ich mich rechtzeitig verstecken musste. Aber wo und wie versteckt man sich vor dem Zugriff des Unglücks? Ich war schon dankbar, dass ich nachts wenigstens Lust auf Schokolade hatte. Ich suchte eine Weile umher, aber ich fand nur eine halbe Flasche Bordeaux, nach der ich jetzt – es war halb drei Uhr morgens – kein Verlangen hatte. Auch ein halbes Brötchen, das ich hinter einer aufgeschlagenen Zeitung liegen sah, fasste ich nicht an. Am Morgen danach wechselte der Himmel seine Farbe. Aus rosa wurde gelb, aus gelb grau, aus grau halbschwarz und aus halbschwarz dunkelblau. Altern heißt fleckig werden. Ich fragte mich, warum so viele Menschen Angst vor einer befleckten Seele haben.

Wovon könnte eine Seele befleckt werden? Was hieß überhaupt »befleckt«? Aus dem Konfirmandenunterricht wusste ich noch, dass mit Befleckung ein vorzeitiger Geschlechtsverkehr gemeint war, was zur Folge hatte, dass einige der viel zu jungen Konfirmandinnen fragten, was denn ein Geschlechtsverkehr sei. Die Erinnerungen rührten mich. Ich musste mich hinsetzen und warten, bis die Gesichter der jungen Konfirmandinnen wieder verschwunden waren. Es wunderte mich nicht, dass ich schon wieder an meine Mutter dachte. Auch von ihr gab es Fotos, die sie als blasse Konfirmandin zeigten. Ich fragte mich, ob ich wirklich mein halbes Leben dazu brauchte, um meine Eltern (besonders meine Mutter) zu überwinden beziehungsweise zu mildern beziehungsweise zu vergessen.

Christa fand eine Stelle als Buchhalterin in einer Autoreparaturwerkstatt. Ich staunte erneut über ihr Glück und ihren Riecher und gratulierte ihr.

Und was treibst du so? fragte sie.

Ich habe nicht so viel Glück wie du, antwortete ich.

Du Armer, sagte sie.

Du musst nicht spotten, antwortete ich; ich war in einer Fischbraterei und habe ein Thunfischfilet gegessen – und eine halbe Stunde später war mir schlecht.

Christa lachte. Du bist ein Auslaufmodell, sagte sie.

Du redest, als wären wir seit dreißig Jahren verheiratet, erwiderte ich.

Viel fehlt nicht mehr, sagte sie mit belustigter Stimme.

Ich war gereizt und suchte nach einer kräftigen Antwort. Am Himmel zogen ein paar fast lärmfreie Düsenjäger vorüber; sie ließen einen langen Kerosinschweif hinter sich zurück. Auf mittlerer Höhe entfernten sich zwei in der Sonne glitzernde Jets. Ganz unten, fast auf Augenhöhe, schwirrten Schwalben umher; einige klemmten sich an die Hauswände und zeigten ihre schlanke Figur.

Das sind keine Schwalben, sagte Christa, das sind Mauersegler; sie sehen nur so ähnlich aus wie Schwalben.

Ich ärgerte mich kurz über die Belehrung, schwieg eine Weile und sagte dann wieder ein paar Sätze – über die Schwalben. Möglicherweise war Christa verärgert. Obwohl ich jetzt schon lange mit Christa liiert war, hatte ich noch immer starke Gefühle für Sibylle. War aus meinem Leben eine lange stumme Elegie geworden? Dabei wusste ich nur ungenau, was eine Elegie war; war es eine moderne Jammerei, die den klassischen Vorbildern nicht entfernt ähnelte? Die Wirklichkeit hatte eine stark abstoßende Tendenz: Sie ermüdete die Menschen zu schnell. Ich fing an, mit der Straße zu reden, auf der ich unterwegs war. Mit dir geschieht nichts, sagte ich zu der Straße, du bist aus Gleichmut gemacht, deswegen bist du bei mir so beliebt. Dann fiel mir nichts mehr ein, was ich zu einer Straße noch hätte sagen können. Ich ging an einer früheren Freundin vorbei, die ich vor etwa dreißig Jahren geliebt hatte. Sie erkannte mich nicht, wofür ich dankbar war. Herr Gleichmut geht an dir vorbei, sagte ich zu mir selber, hoffentlich verstehst du das. Wir liebten uns damals mit Musik von Leonard Cohen, wir waren überzeugt, dass Cohen unsere damalige Liebesstimmung ausdrückte. Jetzt hatte ich das Erlebnis einer zweifachen Melancholie: die Trauer der Liebe stieß auf die Trauer des Vergessens.

Ich war eingeladen zu einem riesigen Fest: ein Schulfreund feierte seinen sechzigsten Geburtstag. Einerseits freute ich mich, andererseits überfielen mich Beklemmungen. Das Fest fand statt in einem Edelrestaurant, das der Schulfreund komplett gemietet hatte. Die Gefahr war groß, dass folgende Szene ablief: Ich musste einen vorgeschriebenen Platz einnehmen (auf jedem Tisch würden Namenskärtchen stehen), und an »meinem« Tisch würde ich auf sechs oder sieben Personen stoßen, die ich nicht (mehr) kannte oder, schlimmer, die mir aus alten Schulzeiten in unguter Erinnerung waren: und musste deren Gesellschaft ertragen, was ich schon als Schulkind nicht geschätzt hatte. Und dann würde ich drei oder vier Stunden ausharren müssen, bis ich wieder nach Hause durfte: wie damals in der Schule.

An einem Mittwoch wurde Christa von einem Tiefschlag getroffen: Ihr Hausarzt hatte den Verdacht auf Brustkrebs geäußert. Er bat sie, sich in der Universitätsklinik röntgen zu lassen. Und tatsächlich: Vier Tage später musste sie damit zurechtkommen, dass sie in der linken Brust Krebs hatte. Sie rief mich sofort an und weinte schon während des Telefonierens. Ich sagte, sie solle gleich zu mir kommen. Sie umarmte mich weinend und zog sich dabei aus. Drei Minuten später lagen wir im Bett, wo sie sich beruhigte. Ich streichelte ihre Brüste und lutschte und saugte an beiden so dankbar wie ein Säugling, der das Wort ›Brustkrebs‹ nicht kannte. Danach schliefen wir ungefähr eine Dreiviertelstunde, und als wir wieder aufwachten, hatte ich das Gefühl, dass jetzt wieder alles in Ordnung sei. Das Gegenteil war der Fall. Der untersuchende Arzt in der Uni-Klinik hatte ihr geraten, sie solle sich am besten die linke Brust abnehmen lassen. Das stellte ich mir barbarisch vor und sagte es auch. Darüber war

Christa erleichtert. Sie begann erneut zu weinen, worüber ich diesmal erleichtert war, denn einer Fortsetzung einer Brust-weg-Debatte wäre ich nicht gewachsen gewesen. Denn ich dachte nicht an Christa, sondern an mich. Ich stellte mir vor, ich liege mit einer Frau im Bett, die nur noch eine Brust hatte. Ich fürchtete, dass ich auch die übriggebliebene Brust nicht mehr hätte anfassen können und dürfen. Jede Berührung der vorhandenen Restbrust hätte mich automatisch an die verschwundene Zweitbrust erinnert. Ich hielt es für naheliegend, dass aus der übriggebliebenen Brust eine Überdrussbrust hätte werden müssen. Allein die Worte, mit denen ich (still, für mich) herumhantierte (Restbrust, Zweitbrust, Überdrussbrust, Fluchtbrust), erschienen mir abscheulich und unzumutbar. Ich musste aufpassen, dass mir diese Worte im Gespräch mit Christa nicht versehentlich herausrutschten. Die Worte hätten aus mir einen Verräter gemacht, dem man das Eintreten für den Status quo nicht abgenommen hätte. Diese Über-Vorsicht verhinderte, dass ich mich nach dem medizinischen Sinn einer solchen OP nicht mehr zu fragen traute. Nachts, wenn wir schliefen und ich für kurze Zeit aufwachte, stellte ich mir vor, dass der wegoperierte Krebs in der übriggebliebenen Brust wiederauftauchte und dass ich mich dann nicht mehr trauen würde, eine weitere Operation »gut« zu finden. Christa kam nicht auf die Idee (nahm ich an), dass es bei all diesen Gesprächen zwar um ihre Brust ging, aber eigentlich um meine »Interessen«. Ich konnte mir nicht vorstellen, dass eine Frau ohne Brust noch irgendeine Regung (von Verlangen zu schweigen) in mir auslösen könnte. Ich war beruhigt, dass Christa von dieser Frage ganz weit entfernt schien. Sie stand manchmal nackt vor dem Spiegel und stellte sich vor, wie es wäre, wenn sie keinen Busen oder nur noch die Hälfte davon hätte. Es muss gesagt werden, dass Christa einen wundervollen Busen hatte, den ich (das hatte ich immer mal wieder gesagt) am liebsten unter Naturschutz stellen wollte, worüber Christa zu Tränen gerührt war und mich so fest umarmte, als wäre *ich* unmittelbar von einer unbekannten Gefahr bedroht. Aus Rücksicht auf ihren Busen hatte sie es in früheren Jahren rundweg abgelehnt, jemals Kinder zu kriegen. Sie erzählte, wie heruntergelutscht die Brüste einer früheren Freundin aussahen, die zwei Kinder gestillt hatte und sich dann wunderte, dass ihr Mann an dieser Brust keine besondere Freude mehr hatte.

Ich konnte nicht so schnell schauen, wie die Tage vergingen. Allein das hohe Tempo des Zeitvergehens versetzte mich in das Gefühl einer Bringschuld, das mich wiederum an meine grundlegende Ahnungslosigkeit erinnerte. Ich ging langsam umher und betrachtete eine Weile ein kleines Kind, das mit beiden Händen mit dem langen Haar seiner Mutter spielte. Ein fremder Mann sagte, er sei halb verrückt geworden, als er eine Glatze bekam. Dann holte er ein Joghurt und einen Apfel aus seiner Jackentasche und verschwand in einem Büroturm. Ein dritter Mann sagte, dass er, als er seine halb ausgerastete Martha kennenlernte, fast in den Main gesprungen wäre. Ich wollte ihn fragen, woher er wusste, dass seine Martha nur halb und nicht ganz ausgerastet war. Aber ich fragte nicht, sondern ging in den Supermarkt, um mich dort abzulenken. An der Wursttheke erinnerte ich mich erneut an meine Mutter. Die Aquarelle, die ich als Jugendlicher malte, zeigte sie in der Nachbarschaft herum und sagte, dass ihr Sohn einmal »etwas Großes« werde. Erst viel später ging mir auf, dass in ihrem Verhalten auch ihre eigene Unbedarftheit versteckt war, von der sie vermutlich keine Ahnung hatte. Es war mir nicht recht, dass ich so schäbig von meiner Mutter dachte, auch noch in einem Supermarkt. An der Kasse kramte ich mein Kleingeld aus der Jackentasche und wollte es gleich wieder wegstecken. Ja, sagte die Kassiererin, kannst mir alles geben. Es war das erste Mal, dass ich von einer Kassiererin geduzt wurde. Ich überlegte schnell, ob ich mit dieser Frau einmal intimen Umgang gehabt hatte, aber es lag nichts Belastendes gegen mich vor. In diesen Tempel der Unhöflichkeit gehst du nicht mehr, sagte ich halblaut zu mir selber. Zu Hause leerte ich meine Tasche, setzte mich auf einen Stuhl in der Nähe des Fensters und sah dabei zu, wie es Abend wurde. Ich dachte an Christa, die fast unablässig ihr Haar ordnete und es in immer neue Strähnen zerlegte. Mal fiel das Haar seitlich neben dem Gesicht herab, mal bündelte sie es nach hinten. Kaum wurde es ein wenig dunkel, ertönten die Amseln. Ich stellte das Radio leise und lauschte hinaus in den endenden Tag. In den großen Bäumen ertönten schrille Schreie von Vögeln, deren Namen ich nicht kannte. Es klang, als wäre man (ich) irgendwo in Brasilien. Ich öffnete das Fenster, weil ich sehen wollte, ob noch jemand außer mir glaubte, hier sei vielleicht Brasilien. Im Radio erklang »Ich bin der Welt abhanden gekommen« von Gustav Mahler. Das Lied ergriff mich sofort. Ich ging in der Wohnung umher und war froh, dass ich ein paar Belege dafür fand, dass ich nicht abhanden gekommen war. Manchmal wusste ich nicht mehr, warum ich mich erinnern sollte. Dann ging ich durch ein paar Straßen, schloss hinterher die Augen. Und als ich sie wieder öffnete, stellte ich fest, dass sich mir kaum ein Bild eingeprägt hatte; oder, noch bösartiger: Ich wusste nicht mehr, warum ich mich dieser durchschnittlichen Anblicke erinnern sollte.

Es juckte mich rund um die Augen; ich konnte kaum entscheiden, ob ich müde oder der Dinge überdrüssig war. Ein schrecklicher Gedanke zog mir durch den Kopf: Wenn Christa starb, wäre der einzige Mensch verschwunden, der sich meiner gern erinnerte. Ich wunderte mich, dass es niemanden gab, der die herrschenden Verhältnisse beherzt einen Krieg nannte. Meine Gedanken erschreckten mich so stark, dass ich noch einmal auf die Straße wollte. Von meinen zwei Paar Schuhen zog ich die weniger schmutzigen an. Meine Schuhe waren noch vom vergangenen Regentag durchnässt. Prompt dachte ich an meinen Vater, der Abend für Abend seine Schuhe putzte, damit er am folgenden Tag wieder »pikobello« und »sauberle« aussah. Ich war dankbar, dass mir zwei Worte meines Vaters eingefallen waren; er bemerkte nicht, dass er durch seine Schuhputzerei eine mehr und mehr lächerliche Figur abgab. Es war auch für mich rätselhaft, wie ein Mensch durch eine tägliche kleinliche Leidenschaft immer komischer wurde. Allerdings führte diese Lächerlichkeit dazu, dass ich noch heute oft an meinen Vater dachte. Sonst war nicht vieles an der Figur meines Vaters auffällig.

Ich fragte mich, ob meine Erinnerung höhnisch oder (gerade noch) liebevoll war; bis heute gab es für mich auf diese Frage keine eindeutige Antwort. Ich sah an mir herunter und entdeckte, dass meine Hose fleckig war. Zum ersten Mal fühlte ich (nein, nicht zum ersten Mal), was Gram war.

In alten Kinderbüchern hieß es oft, dass der Vater voller Gram war. Als mich jetzt ein säuerlicher Schmerz einfing, ahnte ich plötzlich: Das muss Gram sein. Ich sah Elstern, Eichelhäher und füllige Amseln und dachte an mein Bett. Es juckte mich am Rücken, wo ich mich im Augenblick nicht kratzen konnte. Außerdem tränte mein linkes Auge und meine Brille war beschlagen beziehungsweise nicht sauber. Ich betrat ein Brillengeschäft und fragte nach einem Brillenputztuch. Die Verkäuferin, eine Deutsch sprechende Asiatin, gab mir eines. Was kostet das? Nichts, sagte die Asiatin und lächelte fernöstlich. Ich war so von ihr eingenommen, dass ich sie um ein Haar gebeten hätte, das Brillengeschäft zu schließen und mir zu folgen. Ich weiß nicht, woher ich kurz darauf die Kraft hatte, das Brillengeschäft schnell und allein und wortlos zu verlassen.

9

An einem Donnerstagvormittag packte Christa schweigend ihren kleinen Koffer. Ich bot an, sie ins Krankenhaus zu fahren, aber sie lehnte ab. Ich bin etwas nervös, sagte sie, deshalb ist es besser, wenn ich allein in einem Taxi sitze und nicht reden muss. Da ich ihr auch beim Kofferpacken nicht helfen konnte/wollte/durfte, saß ich ein wenig abgeschlagen in der Küche und betrachtete meine Fingernägel. Christa war in einem Einzelzimmer untergebracht, vermutlich, weil sie sich schämte und über ihre OP nicht reden wollte, auch nicht mit Frauen. Als der Taxifahrer bei uns klingelte, verabschiedeten wir uns zu schnell, dann war sie weg. Kurz danach war ich allein und hatte eine Menge unzulängliche Gefühle. Ich bedauerte, dass wir in solchen Situationen *so* ungeschickt waren. Ich hatte Christa nicht einmal gefragt, wie lange sie ihrer Vermutung nach in der Klinik sein würde. Nach einer halben Stunde zog ich meine Schuhe an und verließ die Wohnung; diese Reaktion war mir vertraut; weil ich mich überfordert fühlte, lief ich eine Weile draußen umher und übersah alles, was für meine Psyche eine Nummer zu heftig war. Zum Glück begegnete ich keinem Bekannten oder sonst jemandem, dem ich mich verpflichtet fühlte. Auf der Straße war es mir wieder zu laut; ich fragte mich, warum es noch immer keinen Lärmschutz für Fußgänger gab.

Meine neue Situation gefiel mir nicht oder gefiel mir vielleicht doch. Ich war jetzt wieder in einer Verfassung, von der ich mich (eigentlich) verabschiedet hatte: in der Verfassung eines herumziehenden Streuners. Ich schlüpfte vorübergehend in ein altes Kostüm, das mir immer noch passte. Wie ein die Schule schwänzender Junge sah ich auf das Pflaster, weil ich irgendetwas finden wollte, was ich gebrauchen konnte. Früher entdeckte ich manchmal einen Falschgeldring, ein Vereinsabzeichen, einen nicht benutzten Tampon mit roter Schnur oder eine Briefmarke, die ich für wertvoll hielt. Und erinnerte mich prompt, dass ich das immer mal sehen wollte: wenn sich eine Frau einen blutverschmierten Tampon an der roten Schnur aus dem Geschlecht herauszog. Aber bisher war keine Frau bereit, in dieser Situation einen Zuschauer zu dulden. Das dauernde Hinabschauen auf die Straße war vermutlich auch ein nicht verschwundener Kindheitsrest; als Dreizehnjähriger fand ich auf der Straße eine Murmel, einen »Glaser« (aus Glas) oder einen »Gipser« (aus Gips), ein liegengebliebenes Sanella-Bild oder ein verlorenes Taschenmesser. Oder sogar einen Ohrring oder einen Goldzahn.

Heute stank die Stadt nach Autos, Bratwürsten, Gummi, Unterwäsche und alten Handtaschen. Ich kam an einem Eckhaus vorbei, in dem früher eine Pension untergebracht war. Erst jetzt fiel mir auf, dass es das Wort Pension nicht mehr gab. Selbst die schlichtesten Absteigen nannten sich heute Hotel. Seit einiger Zeit fühlte ich mich älter und erwartete einen tiefer reichenden Durchblick. Es passte mir nicht, dass ich auch jetzt noch entgegenkommenden Frauen zuerst auf den Busen sah. Ich hatte dafür keine ausreichende Erklärung. Denn ich wusste seit langer Zeit, wie Frauenbusen aussahen, mit und ohne Bluse, mit und ohne BH. Ich ging davon aus, dass ein Frauenbusen für einen Mann eine

Art Grundorientierung war, ohne die er nicht auskam, auch wenn er die Wegstrecke Frau schon lange kannte. Dabei war ich erst/schon sechzig Jahre alt und dachte noch nicht einmal an meinen Tod, auch nicht momentweise. Es gab in meiner Umgebung viele Leute, die ohne Vorwarnung plötzlich zusammenbrachen und zehn Minuten später tot waren. Der schnelle Tod mir bekannter Personen war mir besonders unverständlich. Beziehungsweise: Ich verstand nur, dass das Nichtverstehen ein Teil des Todes war. Ich hatte oft das Gefühl, dass alles, was sich um mich herum bewegte, sich immer auch gerade verabschiedete. Die Häuser rückten in die Ferne, die Leute kamen mir nicht mehr nah, Türme, Brücken und Straßenbahnen waren wie Kulissen, die in der Nacht abgeräumt wurden. Diese inneren Vorgänge waren deutliche Hinweise, dass ich demnächst verrückt wurde. Es war nur die Angst, dass ich, quasi im Schlaf, geliebte Anblicke verlieren würde. Deswegen blieb ich oft am Fenster stehen und passte auf, dass die Schönheitsdiebe nicht die Straße entlangkamen. Allerdings fürchtete ich in den gleichen Augenblicken, dass ich eben/eben/jetzt/jetzt verrückt geworden war.

Ich besuchte Christa jeden zweiten Tag im Krankenhaus und machte (glaubte ich) eine vergleichsweise gute Figur, obwohl mich die Welt des Krankenhauses selbst schwächte. In den Gängen liefen alte Männer in alten Bademänteln herum; Patientinnen, manche nur im Nachthemd, redeten zu laut in ihr Handy und wollten sehen, welche Mitpatienten an ihnen vorübergingen. Christa und ich wurden nicht so schnell damit fertig, dass sie seit vorgestern nur noch *eine* Brust hatte. Mal sagte ich, dass es mir nichts ausmacht; dann sagte sie, sie fühle sich, als sei es schon immer so gewesen. Um sie zu schonen, fragte ich nicht nach. Sie sagte, sie könne nicht glauben, dass ich in Zukunft mit einer Brust zufrieden sei. Nach diesem Satz hätte ich beinahe lachen müssen; aber es gelang mir, das Lachen in einen Husten umzubiegen. Christa gab zu, dass *sie* sich mit einer Brust nicht zurechtfand. Wenn ich in Zukunft im Bett auf dir sitze und sehe zufällig, sagte sie, dass bei mir nur *eine* Brust schaukelt, dann kriege ich fast, ich … ich … kann es nicht sagen. Ich betrachtete sie stumm und erinnerte mich an Szenen zwischen uns, die nicht in diese Situation passten. Einmal fragte sie: Onanierst du zurzeit?

Ich erschrak und konnte nicht sofort antworten. Dann sagte ich: Gelegentlich.

Bist du, wenn du es tust, sehr in Eile?

Nein, ich fühl' mich gemütlich.

Sie lachte, fragte aber gleich weiter: Würdest du es mich machen lassen, oder wäre dir das peinlich?

Schwer zu sagen, antwortete ich mit schwacher Stimme.

Mir war die Unterhaltung unangenehm, aber ich verstand, dass Christa unterhaltungsbedürftig war. Im Krankenzimmer gab es keinen Fernsehapparat und kein Radio. Um das Thema zu beenden, sagte ich: Du musst bedenken, dass Männer oft nur onanieren, weil sie einschlafen wollen.

Christa war erstaunt; deswegen fügte ich hinzu: Wenn der Druck des Geschlechts weg ist, kommt der Schlaf fast von selbst.

Ich hatte Erfolg; nach fünf Minuten fielen ihr die Augen zu. Während des stummen Dasitzens am Bett spürte ich Verlangen nach den kleinen Spaziergängen, die ich als Kind mit meinen Eltern oft gemacht hatte. Wir fuhren mit der Straßenbahn in die nähere Umgebung, wo es Waldhügel mit hohen Tannen gab, die im Wind sanft hin- und herwankten. Von Zeit zu Zeit fiel ein Tannenzapfen herunter, ich hob ihn auf und zeigte ihn meinen Eltern, überzeugt davon, dass auch sie noch nie einen Tannenzapfen aus der Nähe gesehen hatten. Ich fragte mich zwischendurch, woher Christa ihr treuherziges Gemüt hatte. Ich hätte gern ihre Eltern gefragt, wenn sie noch gelebt hätten. Christa sprach selten von ihren Eltern. Vermutlich schämte sie sich ihrer; ihr Vater war ein Chemiewerker bei der Badischen Anilin- und Sodafabrik, ihre Mutter war eine Flüchtlingsfrau, die aus dem Osten herübergekommen war und sich im Westen nicht wohlfühlte. Ich wartete, bis Christa wieder aufwachte. Welche Jahreszeit wir gerade hatten, wusste ich mal wieder nicht. Ich empfand nicht, ob es draußen eher warm oder kalt war; ich trug die Jacke, die ich immer trug. Da wachte Christa wieder auf; sie war überrascht, dass ich noch an ihrem Bett saß. Vermutlich wusste sie nicht, was sie sagen sollte. Ich nahm an, dass die Amputation für sie eine Kränkung war. Vielleicht empfand sie auch die Restbrust als Beleidigung. Nach etwa zwei Minuten begann sie zu weinen und drehte ihr Gesicht zur Seite. Ich beugte mich über sie und versuchte, ihr die Tränen wegzuwischen. Sie beruhigte sich, wenn ich mich nicht täuschte. Nach einer Weile sagte sie: Ich glaube nicht, dass ich mich von diesem Schock jemals werde erholen können. Ich öffnete ihre Hand und küsste sie. Meine Lippen in ihrer Hand rührten sie sichtbar, erneut schoben sich Tränen aus ihren Augen.

Ein Mann mit einem kleinen Kind an der Hand betrat

das Krankenzimmer. Die beiden besuchten die Frau, die ihr Bett in der Nähe des Fensters hatte. Christa lag jetzt in einem Doppelzimmer. Das Kind überreichte der Mutter ein großes Platanenblatt. Ich fühlte mich erschöpft und ideenlos. Ich erhob mich und wusste nicht, worauf ich wartete. Ich gehe jetzt, sagte ich. Küsst du mich noch einmal in die Hand, fragte Christa. Die Bitte bewegte mich. Ich beugte mich über Christa, nahm ihre Hand und küsste in sie hinein wie in eine Schale. Jetzt, beim zweiten Mal, fiel mir die Redensart ein: Du frisst ihr aus der Hand. Ich schämte mich ein wenig und sagte, dass ich morgen wiederkomme. Kaum war ich aus dem Krankenhaus, sah ich in einiger Entfernung Frederike auf mich zukommen. Ich erlebte die ersten Augenblicke des Alterns: Ich wusste nicht mehr, aus welchem Lebenszusammenhang ich mit Frederike vertraut war. Sie erinnerte mich allenfalls an Hannelore, eine Jugendliebe. Frederike wiederum schien mich gut zu kennen. Sie deutete auf meine Jacke und fragte: Baumeln bei dir immer noch die Knöpfe an der Jacke? Ich musste kurz lachen und sagte: Ich habe bis jetzt keine Frau gefunden, die bereit war, baumelnde Knöpfe wieder anzunähen.

Ich näh' sie dir an, sagte Frederike.

Machst du Witze?

Du musst mir nur eine Nadel und schwarzen Bindfaden geben, den Rest erledige ich, sagte Frederike.

Ich habe zu Hause einen sogenannten Reisebegleiter, ein Nähetui, sagte ich.

Jetzt lachte Frederike.

Ich mach' dir Kaffee und schenk' dir einen Cognac ein.

Den Cognac brauche ich nicht, sagte sie.

Ich hatte eine zwar große, aber nur halb eingerichtete Wohnung. Ein Auto hatte ich immer noch nicht, so dass wir in einem Taxi fast eine halbe Stunde unterwegs waren. Ich bat Frederike, auf dem Sofa Platz zu nehmen. Ich gab ihr mein Nähzeug und die Jacke. Frederike entfernte die beiden Knöpfe und nähte sie dann neu an. Ich war dankbar und schaute ihr zu. Seit meine Mutter tot war, hatte niemand Knöpfe an meine Jacken oder Hosen angenäht. Während ich Frederike zuschaute, fragte ich mich, ob mir Christa langsam entglitt, ob sie die Entzweiung heimlich herbeiführte oder mich so weit bringen wollte, dass ich mich an eine ständige Halbtrennung allmählich gewöhnte. Frederikes schmales Gesicht und ihre eng anliegenden Ohren gefielen mir, ich wusste nicht warum. Weil ich das Wort ›Nebenfrau‹ nicht denken wollte, erhoben sich in mir geläufige moralische Vorhaltungen. Schon dachte ich typische Lehrer-Sätze: Der Mensch muss für die Art seines Privatlebens Gründe finden, die sein Leben durchschaubar machen und es gleichzeitig verbergen. Was dabei herauskommt, kann nur das Kunststück eines Artisten sein, das der Artist selbst nicht ganz durchschaut. Frederike nahm meine Hand und drückte sie sich gegen die Brust. Es war Zufall, dass es die rechte Brust war, die Christa künftig fehlte. Frederike war unruhig und wartete, was jetzt passierte. In der Ferne bellte ein Hund. Es war Spätnachmittag geworden, die Sonne brach nur noch kurz zwischen den Wolken hervor. Ich spürte die Wehmut des immer gerade fliehenden Lebens. Frederike drehte ihr Gesicht zur Seite, als sei unsere Situation nicht auch ihre Situation. Wir machten einen Versuch, uns ernsthaft zu unterhalten, aber wir fanden keinen Anfang und kein Thema. In meiner Not überlegte ich, ob ich Frederike von Christas Existenz berichten sollte/könnte. Dass ich Christa über Frederike informierte, war noch unmöglicher. Ich vermutete, dass sich Christa in diesem Fall sofort zurückziehen würde. Ich schaute umher und staunte über die Starrheit meiner Verhältnisse. In einem überhellen Augenblick wurde mir klar, dass diese Starrheit noch enger und härter werden musste, wenn sich Frederike gezwungen sah, die dritte Hauptrolle zu spielen. Ich schlug Frederike vor, mit ihr eine Franz-Marc-Ausstellung zu besuchen. Sie merkte sofort, dass diese Einladung eine Ausrede oder, noch schlimmer, eine Ausladung war. Sie suchte ihre Sachen zusammen, stand auf und ging.

Über die nasse Straße trieb ein Wind kleine Abfälle vor sich her. Ein Eichhörnchen floh vor einer in der Nähe landenden Krähe. Alkoholisierte Jugendliche warfen die von ihnen leergetrunkenen Flaschen in eine Stiefmütterchen-Anlage. Edel gekleidete Lufthansa-Frauen zogen ihre Rollkoffer in Richtung Flughafen. Eine junge Putzfrau überquerte mit Staubsauger und Saugrohr die Straße. Ein fast regloser Regenwurm bewegte sein vorderes Ende, sein hinteres Ende war schon tot. Ich empfand Neid auf diese Todestechnik. Wenn ich mit Christa und/oder Frederike endgültig scheiterte, würde ich mit Frauen nichts mehr zu tun haben wollen; so viel war klar. Ich hatte kein Talent, um eine Frau zu ›kämpfen‹. Ich würde mich zurückziehen und meine Wunden lecken. Wenige Tage später rührte mich Frederike so heftig, dass ich mich nachträglich meiner schwachen Gedanken schämte. Es war lange nach Mitternacht, als es bei mir klingelte. Ich ahnte: das konnte nur Frederike sein.

Schon im Fahrstuhl umschlang sie mich und legte sich meine rechte Hand auf die Brust. In der Wohnung zog sie sich rasch aus, betrachtete dabei etwas zu lang ihre Unterwäsche und sagte: Ich muss mich waschen. Da ich schon in Unterwäsche herumstand, fragte ich mich, ob auch ich mich jetzt waschen musste.

Musst du dich jetzt noch waschen? fragte ich; es ist zwei Uhr nachts.

Ich rieche ein bisschen, antwortete sie, ich bin nass zwischen den Beinen.

Na und? Das ist doch ein gutes Zeichen, oder?

Für dich sicher, sagte sie.

Für dich nicht? Viele Frauen klagen doch, dass sie oft zu trocken sind.

Du bringst da einiges durcheinander; man merkt, dass du als Mann in dieser Hinsicht keine Sorgen hast.

Ich wusste nicht, was sie meinte, sagte aber zur Sicherheit: Hast du eine Ahnung!

Bis jetzt warst du doch fast jedes Mal in guter Form, wenn du wolltest.

Ich hoffe, es bleibt so, sagte ich.

Du kalkulierst gut und bist weitsichtig, antwortete sie; wenn du ahnst, dass du voraussichtlich nicht kannst, dann willst du erst gar nicht.

Ich staunte über Frederikes tiefe Einblicke und über ihre Art, sie auszudrücken. Mein Neid hinderte mich daran, genau festzustellen, was eigentlich los war und was *ich* wollte. Stattdessen betrachtete ich eine Kohlmeise, die an einer glatten Hauswand hochhüpfte, sich die winzigen Efeukeime herauspickte und sie sofort fraß.

Nachmittags zischten die Flugzeuge wie kleine Geschosse in geringer Höhe über die Stadt. Ich wusste nicht, ob die Flugzeuge gerade gestartet waren oder ob sie etwas später landen würden. Merkwürdig war, dass die Flugzeuge kaum Lärm machten. Zu hören war nur ein leises Rumoren, das noch leiser wurde, je schneller sich die Flugzeuge entfernten. Nicht einmal ein Kind konnte sich so leise aus dem Staub machen wie ein vollbesetztes Flugzeug am Himmel. Reglos verschwanden die Stunden des Nachmittags. Im Radio spielte ein junger Japaner eine Suite von Bach. Hinterher sagte der Japaner, Bach werde in Japan so häufig gespielt, dass die meisten Japaner inzwischen glaubten, Bach sei ein Japaner. Ich musste kurz lachen und schaute wieder den fast stummen Flugzeugen nach. Mir ging allmählich auf, dass Christa in der Teilverunstaltung ihres Oberkörpers eine Behinderung sah. Wenn Christa mich abwies, legte ich mir zur Sicherheit die Hand auf den Mund. Das Risiko des affektierten Sprechens war zu groß. Auch meine Mutter legte sich, als ich Kind war, oft die Hand auf den Mund. Sie erschrak immer noch über die Ereignisse, die ihr im Krieg und im Nachkrieg zugestoßen waren. Oft überlegte ich, ob ich mich mit Christa in einem Nachkrieg befand. Es entging Christa nicht, dass ich mich an den Schreck der Zurückweisung gewöhnte. Wenn sie vor meinen Augen BH und Bluse zuknöpfte, schloss sie den Vorhang, den sie vor etwa dreißig Jahren vor mir geöffnet hatte. Ich selbst erkannte den dramatischen Aspekt dieses Vorgangs nicht sofort. Es geschah, was ich nicht für möglich hielt: Ich gewöhnte mich an meine Zurückweisung. Wahrscheinlich war Christa für ihre Brust-OP dankbar, weil sie sich schon länger von der Sexualität hatte verabschieden wollen und weil ihr dieser Abschied endlich mit einem vorzüglichen Grund gelang. Als Zeichen meiner Duldsamkeit lud ich Christa in ein teures Restaurant ein. Kaum hatten wir das Lokal betreten, schlug uns ein irritierender Lärm entgegen. Das Geräusch kam von einer Großgruppe von Frauen mit Kindern. Es irritierte mich, in einem teuren Lokal so viele Kinder anzutreffen. Als ich Kind war, wusste ich nicht einmal, wie Restaurants von innen aussahen, vielleicht wussten es meine Eltern auch nicht; sie blieben sonntags wie werktags zu Hause, vermutlich hatten sie zu wenig Geld. Ich schlug Christa vor, das Lokal zu verlassen.

Aber wieso denn?

Ich kann diesen Kindergartenlärm während des Essens nicht ertragen, sagte ich.

Aber das ist heutzutage doch ganz normal, sagte Christa.

Für mich nicht, antwortete ich.

Zum Glück fragte Christa nicht weiter. Ich hatte keinen Appetit auf einen quasi ehelichen Streit. Entschlossen suchten wir schnell nach einem anderen Restaurant. Unterwegs holte Christa ihren kleinen Spiegel aus der Handtasche und erneuerte das tiefdunkle Rot auf ihren Lippen. Ich fürchtete schon, dass wir kein weiteres Lokal finden könnten. Da betraten wir ein prachtvoll ausgeleuchtetes Edel-Restaurant, das mit genauso edel gekleideten Gästen bis auf den letzten Platz besetzt war. Wir wollten schon weggehen, da schwirrte eine gutgelaunte Braut auf uns zu und sagte: Wollen Sie nicht an unserer Hochzeit teilnehmen? Christa lachte hell auf und sagte sofort: Aber gern! Schon führte uns die Braut an den runden Tisch und sagte zu uns: Bitte sehr! Sie sind eingeladen! Ich freue mich sehr, dass Sie hier sind!

Die Braut sah in unsere verdatterten Gesichter, lachte wieder ein wenig und sagte: Ich komme vom Land! Wenn bei uns im Dorf eine Hochzeit war, hofften wir jedes Mal, dass ein fremdes Paar auftauchte und an unserer Hochzeit teilnahm. Das bedeutet Glück! Sie können sich denken, wie sehr wir uns freuen, dass Sie die Tür geöffnet haben und mit uns Hochzeit feiern! Kennen Sie diese Regel? Christa schüttelte den Kopf, nahm mich am Arm, lachte erneut und führte mich an einen Tisch mit zwei Plätzen, als sei auch sie eine Braut. Rechts von uns saß ein Elektromeister mit seiner erwachsenen Tochter, links ein Diplom-Psychologe mit seiner frisch angeheirateten Frau, wie er uns schon nach zwei Minuten erzählte. Ich war mal wieder zu stumm. Christa betrachtete die Braut und beschrieb mir ihr Kleid. In der Buntheit des Geschehens bemerkten wir nicht, dass aus dem Abend mehr als eine halbe Nacht wurde. Ungefähr gegen 23.00 Uhr glaubte ich, ich sei wieder zwölf Jahre alt und stehe im Leben bloß herum. Christa erkannte meinen Zustand und provozierte mich mit einer Frage, die mich wieder lebendig machte. Sie beugte sich zu mir herüber und fragte leise: Hoffst du nicht auch, dass wir heute Nacht wieder mal miteinander schlafen? Ich lachte hell auf und sagte ebenso leise: Das hoffe ich fast jede Nacht. Christa kicherte, flüsterte mir dann aber zu, dass wir unter diesen Umständen sofort nach Hause gehen sollten. So geschah es. Die Leute an unserem Tisch blickten uns an, eine ältere Frau schüttelte den Kopf. Dicke Angestellte fuhren in dicken Autos davon.

In der Wohnung schauten wir uns gegenseitig dabei zu, wie wir unsere Kleider ablegten. Ich war ein wenig unsicher, weil der sexuelle Eifer aus unserer Jugend wahrscheinlich verschwunden war. Deswegen waren die Momente der Entkleidung altmodisch, kindisch und gleichzeitig spannend. Wir wussten beide nicht, ob aus unserem Auftritt ein betulicher Kurschattenversuch oder eine leicht ordinäre Rummelplatznummer wurde. In solchen Stimmungsschwankungen kam es manchmal zu einem Beischlaf, manchmal nicht. Eigentlich nahm ich an, dass unsere lockere Vergangenheit tatsächlich vergangen war. Aber Christa wollte mich eines Besseren belehren. Sie riss sich die Bluse vom Leib, schleuderte den BH in Richtung Wäschetruhe, wackelte ein bisschen mit der einen Brust, stieg vorsichtig aus dem Schlüpfer, schlug die Bettdecke zurück, setzte sich auf die Bettkante und winkte mich zu sich. Sie schob mir die Unterhose nach unten und lutschte mir das Geschlecht wie ein, wie ein, ach, ich wusste nicht wie. Es dauerte nicht lang, dann zeigte ihr Eifer die gewünschten Effekte. Ich sah an die Zimmerdecke, dort war viel Platz für meine Scham. Die Musik im Radio wurde allmählich leiser. Ich war erstaunt, nein, ich war nicht erstaunt. Ich erinnerte mich, dass Christa vor nicht allzu langer Zeit gesagt hatte, dass sie in Zukunft ohne Sex leben wollte. Ich weiß nicht mehr, mit Hilfe welchen Details ich bemerkte, dass das Ganze eine Nullnummer war. Vielleicht war es nur Christas Übertriebenheit; sie tat, als sei sie für ein paar Stunden die Hauptattraktion eines Nachtlokals. Das musste auch den Zweifel eines Dulders herausfordern. Ich ahnte, dass sie nur erschöpft war.

10

Christas Krebs verschwand nicht, weil sie eine Brust geopfert hatte, sondern er krebste weiter und wollte auch die zweite Brust. Bei einer Routineuntersuchung in der Uni-Klinik war eine neue Wucherung (ein Knoten, eine Geschwulst) entdeckt worden. Christa bekam ein graubleiches Gesicht wie eine alte Frau (ich war dabei) und redete nicht. Zu Hause schloss sie sich in der Toilette ein und weinte. Weil ich annahm, dass ihr meine Anwesenheit nicht half, sondern sie eher peinigte, verließ ich die Wohnung. Auf den Tisch legte ich einen Zettel mit der Nachricht, dass ich in etwa einer Stunde wieder zurück sei. Wenn mich selbst eine Angst packte, ging ich gewohnheitsmäßig in die Innenstadt und sah nach, ob inzwischen ein paar der neuen Geschäfte Bankrott gemacht hatten. Ich wollte nachschauen, ob meine allgemeine Angst vor dem Niedergang »berechtigt« war oder nicht. Kurz darauf musste ich leise lachen. Hatte sich je eine Angst darum gekümmert, ob sie »berechtigt« war oder nicht? Jede Angst hat Gründe und ist allein schon deswegen im Recht, flüsterte ich leise vor mich hin. Wie als Kind redete ich wieder mit mir selber und bestätigte mich in allen Punkten. In Wahrheit dachte ich beinahe ununterbrochen an Christa. Ich traute ihr zu, dass sie erneut in die Klinik ging und sich auch die zweite Brust abnehmen ließ.

Ich löste viele meiner Probleme und Stimmungen durch Umhergehen. Wenn ich gut gelaunt war, dachte ich: Herumlaufen. Schon nach einer halben Stunde fingen die Differenzen mit mir selber an zu bröckeln. Nach einer weiteren halben Stunde wurden meine Probleme so weich wie die Knie eines alten Mannes. Frederike hatte ihre Tage. Sie fragte, ob sie sich bei mir ausruhen dürfe. Einerseits wusste ich, dass sie gern mit mir schlief, wenn sie ihre Tage hatte. Meine Hauptsorge war, ob es mir gelang, Christa irgendwie auf Distanz zu halten, während Frederike bei mir ihre Tage überwand. Christa wurde nicht misstrauisch, wenn ich sagte, dass ich zurzeit zu viel arbeiten, zu viel verreisen und zu viel telefonieren musste. Ich holte aus dem Wäscheschrank zwei ältere Handtücher und schob sie unter Frederikes Popo.

Drei Tage später telefonierte Christa nach einem Taxi. *Ich* sollte sie nicht in die Klinik bringen. Auch bat sie um Nachsicht, dass sie über ihren Entschluss (Amputation auch der zweiten Brust) nicht reden wollte. Als es so weit war, küsste sie mich auf der Straße – und stieg in das Taxi. Ich wusste, was sie vorhatte. Schon vor Tagen hatte sie mich gebeten, dass ich sie in der Klinik nicht besuchen möge. Wir mussten nicht darüber reden, dass diese Operation womöglich das Ende unseres Intimlebens bedeutete. Ich hatte mich kundig gemacht und wusste, dass dort, wo Christa früher zwei Brüste hatte, sich hinterher ein einziger vernarbter Streifen entlangzog. Kaum war Christa weg, ging das Endlosgespräch mit mir selber los. Im Radio trat eine norwegische Popsängerin mit Christkindl-Stimme auf, die mich besänftigte. Ich drehte das Radio ein bisschen lauter und setzte mich auf das Sofa, etwa drei Minuten lang, dann verschwand das Christkindl. Danach kamen die Nachrichten. Oft hörte ich mir die Radionachrichten mehrmals an. Der Vorteil war, dass mir die aktuellen Katastrophen schon beim zweiten

Hören vertraut waren. Der Vorteil des Vorteils war, dass ich nicht mehr erschrak. Ich wusste nicht, ob man diesen Vorgang Abhärtung oder Gewöhnung nennen sollte/musste. Christa lernte einen Mann kennen, der an Diabetes litt und ihr nach einer Weile gestand, dass Diabetiker impotent sind und dass er deshalb nicht mit ihr schlafen könne. Was für ein Glück sie wieder hatte! Zum richtigen Zeitpunkt lernte sie einen impotenten Mann kennen, der ihr nicht zu nahe kommen würde. Spät in der Nacht, ringsum herrschte Stille, bot sie mir mit kameradschaftlichem Unterton an, ich könnte sie auch von hinten nehmen, dann könnte ich mir einbilden, ihr Po sei ihre Brust, ob das nicht ein Ausweg wäre, den ich mögen könnte? Mich beeindruckte wie so oft ihre Fürsorge und ihr Einfühlungsvermögen. Wir lagen nebeneinander, ich verbarg meine Sprachlosigkeit, so gut es ging. Von hinten kommen, dachte ich, hat etwas Viehisches an sich, ich hätte dann das Gefühl (den Eindruck), dass ich mich in einen Hund oder in einen Ochsen verwandelt hätte, die das weibliche Tier stets von hinten bespringen.

Ich betrachtete die Leute, die vor mir herliefen, und entdeckte dabei ihre kaputten und (oft) nicht mehr reparaturfähigen Schuhe. Die Absätze waren schiefgelaufen, die Kappen niedergetreten, oft fehlten sogar die Schnürsenkel, oder die Lasche war gerissen. Ich ging als Schüler gern zum Schuhmacher und wollte eine Weile sogar selber Schuhmacher werden. Ich schaute dem Schuhmacher gerne bei der Arbeit zu und merkte mir die rätselhaften Worte, die er mir erklärte. Die Agraffen waren die Haken, die Biese war der hintere Riemen, der Ringsbesatz war die unterste Ledereinfassung des ganzen Schuhs. Ich wäre vielleicht tatsächlich

Schuhmacher geworden, wenn mein Vater nicht gewesen wäre, der tatsächlich sagte: Ein Schuhmacher kann nicht aufsteigen, er bleibt ewig Schuhmacher. Ich hätte gern gefragt: Was heißt aufsteigen, aber dann fiel mir gerade noch ein, dass die Antwort für meinen Vater sehr heikel gewesen wäre. Die Sonne schien, frische Luft durchwehte die Gegend, war nicht vielleicht sogar Frühlingsanfang oder Sommeranfang? Ich wusste zur Not, dass heute Montag oder Donnerstag war, aber ob der Winter wirklich vorüber war, wusste ich nicht, es interessierte mich auch nicht. Als ich Kind war, hatte jede Familie einen sogenannten Abreißkalender in der Küche. Wenn ein neuer Tag anbrach, riss die Mutter ein Blatt weg, und alle wussten, heute war Dienstag oder Samstag. Warum gab es keine Abreißkalender mehr in den Wohnungen? Heute musste man Radio hören und aufpassen, bis der Sprecher sagte, welcher Tag heute war, oder man musste eine Zeitung abonniert haben und schauen, welches Datum aufgedruckt war. Meine geplagte Seele sprang wieder zu Christa hinüber beziehungsweise zu mir selber, weil ich mir in diesen Augenblicken gestand, dass ich ohne das Herumknutschen an Christas Brüsten vielleicht nicht weiterleben wollte. Dieses Geständnis hätte ich im Angesicht von Christa nicht zuwege gebracht; es wäre mir zu gemein, zu ordinär oder zu minderbemittelt erschienen. Es ist nicht leicht, vielleicht unmöglich, seufzte ich in mich hinein, Geständnisse dieses Kalibers über Jahre hinweg zu unterdrücken und sie schließlich zu vergessen. Mein nächster Seufzer war eine Art Übergang in meine Alltagsaufgaben. Ich rasierte mich, ich betrachtete eine kleine Warze unterhalb des rechten Ohrläppchens und fragte mich, ob Christa, wenn sie neben mir lag, Anstoß an der Warze nahm. Ich reinigte das Waschbecken und die Toilettenschüssel, in der Küche spülte ich das Geschirr und ließ die Brotkrümel auf dem Küchentisch verschwinden. Natürlich hatte ich zwischendurch den Einfall: Ordnung schaffen ist ein Zeichen des Alterns. Gott sei Dank sah mich niemand während meiner häuslichen Arbeit. Während ich putzte und schrubbte und wischte, hörte ich im Radio ein süßliches Geklimper: wie einst meine Mutter. Ich schämte mich, und auch diese Scham sah niemand. Kam der Lärm tagsüber von den Rasenmähern in den Gärten ringsum? Vom Vorübersegeln der Polizeihubschrauber? Von den Mopeds der Rentner? Von den Gerüstbauern am Portal des Finanzamtes? Oder von den Kehrmaschinen der Stadtreinigung? Durch das gelegentliche Hinreden an mich selber fiel mir schon wieder das Duo meiner toten Eltern ein. Sie hatten so gut wie keine Eigenschaften, nicht einmal Hobbys. Es war mir rätselhaft, warum ich mich gerade jetzt mit ihnen beschäftigte. Ich stand manchmal auf der Straße und ermahnte mich: Es muss dir jetzt ein markantes Detail deines Vaters einfallen; sonst besteht die Gefahr, dass du bald glauben wirst, du hättest überhaupt keinen Vater gehabt. Dabei nahm er mich alle zwei oder drei Jahre an der Hand und kaufte mir eine Lederhose und einen Trachtenjanker. In dieser Kleidung schämte ich mich etwa zwei bis drei Wochen, dann hatte ich mich an den Spott der anderen Schulkinder gewöhnt.

Warum redete ich mit Christa nicht über das Altern? Sie war für dieses Thema diskret genug. Es war möglich, dass sie mich schonen wollte. Es war außerdem denkbar, dass sie mich vor meiner eigenen Scham schützen wollte. Über diese erstaunliche Rücksicht hätte ich auch gerne mit ihr gesprochen. Ich hielt es wieder einmal für nicht ausgeschlossen, dass sich Christa *ganz* von mir zurückzog. Sie nähte sich ein Nachtjäckchen, das zwei Aufgaben erfüllen sollte: es musste sie vor dem Gedanken schützen, dass ich ihren Anblick nicht mehr ertrug, und es musste sie zweitens vor der Angst bewahren, dass ich mit der wirklichen Wirklichkeit (Frau ohne Brust) nicht fertig werde. Ein Blick in den Spiegel forderte mich auf, zum Friseur zu gehen. Die junge Friseuse, die neue Eigentümerin des Salons, hatte die Preise unverschämt erhöht. Ich saß dort etwa sechs Minuten auf einem Friseurstuhl, die Friseuse kürzte mein lichtes Haar, und dafür verlangte sie neunzehn Euro. Während der Zeitverschwendung im Friseursalon überlegte ich, ob ich nicht einen Kurs für Lebensmüde ausarbeiten sollte. Anfangen würde ich mit diesem Satz: Wenn Sie glauben, dass Sie sich in Gefahr befinden, dann verlassen Sie nicht ihre Wohnung. Sie müssen nur einen Eierbecher, einen Kleiderbügel, einen Radiergummi und Ihre Brille in die Hand nehmen, dann wissen Sie wieder, dass der Tag heute genauso abläuft wie der Tag gestern. Auch beim Friseur dachte ich an meinen Vater; ich erinnerte mich an seine Hauptangst, dass ich keinen Beruf finden könnte, der mir gefiel und mich ausfüllte. Niemals hatte ich damit gerechnet, dass *diese* Gefahr von meiner Mutter drohte. Eines Tages sagte sie zu mir: Ich habe eine Lehrstelle für dich. Dass sie mich verulkte, mochte ich nicht glauben. Sie wusch mich, gab mir frische Unterwäsche und ein weißes Hemd und stellte mich bei einer Heizöl-Vertriebsfirma vor. Ich bekam die Stelle, ohne selbst beim Bewerbungsgespräch einen einzigen Satz gesagt zu haben; meine Mutter redete für mich, offenbar machte sie ihre Sache gut. In den drei folgenden Jahren der Lehre verwandelte sich meine kleine private Melancholie in das Massenleiden meiner »Kollegen«, der Angestellten. Nach etwa einem Jahr litt ich an einer verdeckten Depression, mit der niemand etwas anfangen konnte, ich schon gar nicht. Die Bravheit, mit der ich die Lehre aushielt, erlaubte mir keine Flucht, noch nicht einmal ein paar Tage Abwesenheit durfte ich mir gestatten. Außerdem wollte ich endlich aufhören, meine Mutter noch länger zu enttäuschen, weil sie in den Jahren zuvor genug Verdruss mit mir hatte wegstecken müssen, ohne je eine Entschuldigung von mir zu hören.

Am Morgen wollte ich ein wenig herumlungern und mich dabei zerstreuen. Ich ging in den Supermarkt und hatte Glück. Tatsächlich ergriff mich Mitleid nicht mit den Verkäuferinnen und Kassiererinnen, sondern mit der Gestalt des Supermarkts selbst; mit der Aufteilung des Raums in lange schmale Gänge, die links und rechts mit Regalen vollgestellt waren, auf denen wie immer die Waren warteten, dass sie mitgenommen wurden: diese hoffnungslosen Tüten voll mit Nudeln, die Butter- und Margarinewürfel, die wie Soldaten nebeneinander aufgereihten Dosen mit Erbsen, Gurken und Maiskölbchen. Dann, vielleicht das bitterste Bild, die Berge von Toilettenpapier. Dieser schauerliche Aufmarsch kommender Reinlichkeit machte mich momentweise so schwach, dass ich den Supermarkt wieder verließ. Ich hatte an diesem Morgen noch nichts gefunden, was mich auf Anhieb fesselte. Ich kam, wie so oft, wieder nicht auf die Idee, dass ich selbst an einem Mangelgefühl litt. (Nichts geht voran, alles geht immer nur weiter, sagte meine Mutter oft.) Wieder fragte ich mich, ob ich mein eigenes Leben teilweise stilllegen könnte. Ich war gespannt auf das, was ich dann nicht mehr machen würde. Ganz sicher würde ich viel weniger reden; alles, was ich sagen konnte, hatte ich schon zu oft gesagt. Ich sah (nacheinander) eine kleine verlassene Lagerhalle, ein Kabel, das an einem Haus herunterhing, ein paar nasse Zeitungen, einen Kamm, einen hingeworfenen Kinderroller, eine Einkaufstasche mit Obstflecken. Ich wunderte mich, dass ich so viel Zeit verplemperte. Das Warten, das Betrachten der Zeit, beeindruckte mich. Oft lief ich nur durch die Straßen, weil ich sicher sein wollte, dass es die Straßen noch gab, dass ihre Bewohner nicht gestorben waren und dass die Männer immer noch die gleichen Frauen und die Frauen immer noch die gleichen Männer hatten. Es freute mich, einen weißen Gummihandschuh in der Wupperstraße zu entdecken. Ich fürchtete, dass es vielleicht nichts mehr gab, was ich noch »erleben« konnte: außer dem Tod. Dabei wusste ich, dass man den Tod nicht erleben kann. Viele Bekannte aus meiner Umgebung erlebten ihre Krankheiten als eine Art Vorsichtsmaßnahme gegen den Tod; sie dachten, sie müssten nur gesund werden, dann seien sie wieder unsterblich. Ihre Art zu denken ähnelte den sogenannten Besinnungsaufsätzen, die ich im Deutschunterricht der Oberstufe hatte schreiben müssen. Als die U-Bahn in einen Tunnel einfuhr, erlitt ich die Wiederkehr eines Erlebnisses aus meiner Kindheit. Meine Eltern hatten mich während der Ferien in ein sogenanntes Kinderdorf (im Schwarzwald) geschickt. Schon am nächsten Tag hatte ich Heimweh, das ich bis dahin nicht kannte – und das nicht verschwand. Ich spielte an meinem Penis herum: mit Tränen in den Augen. Eine Kindergärtnerin erkannte mein Problem, setzte sich seitlich auf mein Bett und masturbierte mich. Die Kindergärtnerin sah mir freundlich ins Gesicht, deckte mich zu, knipste das Licht aus und verließ den Raum. Wenig später begann in der U-Bahn eine Frau, ihr Kind zu stillen. Die Frau fiel mir durch ihr Geschick auf. Sie hob ihren Pulli nur so knapp, dass sie das Kind zwar stillen konnte, aber niemand ihren Busen sah. Ich sehnte mich nach einer normalen Schwäche, aber sie kam nicht über mich. Mindestens einmal pro Woche war ich auf der Suche nach einer künstlichen Erschöpfung. Sie sollte die Aufmerksamkeit mindern, die ich den gewöhnlichen Turbulenzen (einkaufen, Geld besorgen, zum Friseur gehen, Wohnung sauber halten etc.) meinte schuldig zu sein. Aber ich wurde erneut Opfer mehrerer Fehler. Zum Beispiel machte ich überlange Spaziergänge, ich nahm teil an anstrengenden Versammlungen, ich verabredete mich mit nervigen Einzelgängern und so weiter. Kurz nach dem Verlassen der U-Bahn begann es zu regnen, worüber ich mich freute. Der Regen befreite mich von allen Ausreden für dies und das und jenes. Der Regen war eine Entschuldigung für alles. Dankbar schauten die nassen Gesichter gen Himmel.

Ich setzte mich auf eine Bank und hoffte, dass sich meine Probleme von alleine lösten; natürlich taten sie das wieder nicht. Ich kannte die Feigheit meiner Probleme! In der Ferne verschwand ein Flugzeug am Himmel. Ich überlegte allen Ernstes, ob ich nicht mal wieder die Besucherterrasse des Flughafens aufsuchen sollte. Mein Kopf wurde wässrig und schnupfig, es kündigte sich eine Erkältung an. Am Ende der Straße gab es schon wieder neue Imbissbuden, neue Bankfilialen, neue Kaffeeröstereien, neue Arztpraxen, neue Obst- und Gemüseläden, neue Blumengeschäfte. Ich war sicher, dass ich sowohl Christa als auch Frederike verloren hatte. Ich suchte nach einer Besänftigung, aber es war keine in Sicht. Es drängte sich das Gefühl auf, dass ich meine eigene Verpackung war, mehr nicht. Ich erinnerte mich an ein Mädchen, das, als ich es kannte, etwa siebzehn Jahre alt war, das Gesicht voller Mitesser, mager und schwach wie meine Mutter, als sie siebzehn war, aber mit schönen Augen und kleinen Ohren. Ich wunderte mich, dass ich jetzt, nach so vielen Jahren, wieder Verlangen nach ihr hatte. Ich redete leise vor mich hin. Dabei war es nicht so, dass ich niemand zum Reden hatte, im Gegenteil. Aber ich wollte nicht unbedingt reden; ich wollte meine inneren Fragmente hören, die ich sowieso niemandem zumuten konnte.

Dann besuchte mich Christa doch wieder. Sogleich sah sie eine neue Hose an meinem Schrank hängen, die ich mir erst dieser Tage gekauft hatte.

Du hast dir eine neue Hose gekauft, sagte sie, und schon hängt sie wie für immer am Schrank und du ziehst die alte Hose an.

Ich lachte kurz, Christa verschwand im Bad. Sie brauchte zwei Minuten, dann zeigte sie sich in neuer Unterwäsche.

Ich habe mir für den Notfall endlich einen Schlafanzug gekauft, sagte ich.

Was meinst du mit Notfall?

Notfall heißt, antwortete ich, dass ich plötzlich wegen irgendwas ins Krankenhaus muss. Im Normalfall, zu Hause, schlafe ich, wie du weißt, in der Unterwäsche, das wird im

Krankenhaus vielleicht nicht erwünscht sein. Im Krankenhaus muss man ordentlich und ansehnlich im Bett liegen. Die Frage ist, ob ich nicht eine Probenacht verbringen soll, im Schlafanzug, meine ich.

O ja! rief Christa aus, da will ich aber dabei sein.

Ich lachte und sagte: Die Frage hinter der Frage ist, ob ich im Schlafanzug nicht lächerlich aussehe.

Das kann ich dir jetzt schon sagen: Du wirst lächerlich aussehen, sagte Christa, aber das ist nicht neu und macht außerdem nichts.

Ich wollte nicht länger über meinen Schlafanzug reden und sagte: Ich habe mir außerdem eine Tüte Salzbrezeln gekauft.

Die darfst du im Krankenhaus nicht essen, sagte Christa.

Woher willst du das wissen?

Es ist verboten, in einem Krankenbett zu liegen und Salzbrezeln zu essen.

O Frau, stöhnte ich.

Aus Müdigkeit legte ich mich am frühen Abend hin. Früher hörte ich um diese Zeit die im Bahnhof abfahrenden Züge, jetzt, spätnachmittags, hörte ich die in der Nachbarschaft aufheulenden Sportcoupés. Vielleicht deswegen konnte ich die Augen nicht geschlossen halten. Ich blickte im Liegen aus dem Fenster hinaus und sah schöne vorüberziehende Wolken. Mir fiel ein altes Lied ein, das ungefähr so lautete: Die Wolken ziehn dahin, sie ziehn auch wieder her, und in der Zwischenzeit trink ich ein Bier. Wie so oft empfand ich Überdruss an der Stadt, in der ich lebte. Nach einer Weile hatte ich das Gefühl, dass mir ein Insekt über das Gesicht lief. Wenn ich mich selbst nur schwer ertrug, ging ich an das Mainufer und spazierte dort umher. Tatsächlich hatte ich mir dort schon so oft die Langeweile vertrieben, dass deren Vertreibung inzwischen selbst langweilig geworden war. Es war, als stocherte ich in abgetragenen Erlebnissen herum. Eine Taube hockte im Regen, allein, reglos, durchnässt, wahrscheinlich sorgenfrei. Ich beneidete das Tier. Der Hochsommer drängte mit seinem Licht und seiner Stärke in die Bäume und ließ ihre Blätter stark und breit werden. Durch Zufall blickte ich auf ein Plakat, auf dem ein großer Markt angekündigt wurde. Wenigstens wollte ich sofort eine Frau kennenlernen, von der ich wusste, dass ihr das gegenwärtige Glück wichtiger war als das zukünftige. Weil diese Frau nicht da war oder weil es sie nicht gab, schob sich das verinnerlichte Bild meiner Eltern vor meine Augen. Früher wachte ich morgens auf und dachte sofort an meine Eltern. Heute vergingen Wochen, ohne dass Bilder der beiden in das Gedächtnis zurückkehrten. Manchmal dachte ich, dass ich vielleicht keine Eltern gehabt hatte. Ich wusste, das war Unfug, der aber regelmäßiger auftauchte als die realen Elternbilder. Ich fragte mich, ob es in der Schöpfungsgeschichte so geplant war, dass die Menschen nach Ablauf ihres halben Lebens die wirklichen Eltern gegen innere Gespenster austauschten? Und wohin sollte ich fliehen, wenn ich in diesem Durcheinander keinen Ausweg mehr fand? Wen sollte ich in meine Fluchtpläne einweihen? Sollte ich Bargeld mitnehmen oder internationale Schecks? Gab es internationale Schecks überhaupt in einer Welt von Berufsbetrügern, von denen es bald mehr gab als sogenannte normale Menschen? Und sollte ich vorher die Sprache des Landes lernen, in das ich fliehen wollte? Und musste ich dann einen Sprachkurs besuchen und mich schämen, weil ich unter lauter Jugendlichen der einzige ältere Mensch war?

Dann erinnerte ich mich an ein Plakat, das ich dieser Tage gesehen hatte. Es war das Plakat eines Bauernmarktes im Rheingau. Ein Bauernmarkt! Das war genau das, was mir im Augenblick fehlte. Ich suchte die nächstliegende S-Bahn-Station und fuhr in das Bauernland irgendwo zwischen Frankfurt, Mainz und Wiesbaden, das ich schon lange nicht mehr gesehen hatte. Als ich nahe an den Kornfeldern vorbeifuhr und die Weizengarben und Strohballen sah, konnte ich mich eines Glücksgefühls nicht erwehren, worüber ich mich wunderte. Denn ich hatte eine städtische Jugend durchlebt und hatte mich stets in Städten aufgehalten. Jetzt, auf dem Bauernmarkt, sah ich Ziegen mit langen weißen Wimpern, ich sah Kühe mit ballongroßen Eutern zwischen den Hinterbeinen, ich sah kräftige Ackergäule und schlanke Rennpferde, ich sah beglückte Hühner, die verwundert auf ihre selbstgelegten Eier herabschauten, ich sah erschrockene Rehe, denen niemand erklären konnte, warum sie sich hier aufhalten mussten. Wie ein Kind ging ich nah an das Gatter der Schafe heran und fuhr mit der Hand über ihre wolligen Rücken. Ich war froh, dass mich niemand hier kannte und umgekehrt. Und ich war erstaunt, wie sehr die Tiere an die Menschen gewohnt waren. Ihre Vertrautheit sah aus, als hätten sie schon immer in den Nebenzimmern der menschlichen Wohnungen gelebt. Sie schienen zu wissen, dass die Menschen Abend für Abend vor dem Fernsehapparat saßen und vergessen hatten, dass es außer den gefilmten auch noch wirkliche Tiere gab.

II

Ich betrachtete die leeren Flaschen, die leeren Waschmittelkartons und die vollen Mülltüten in meiner Küche. Es ging auf Mittag zu, und ich litt an Antriebsschwäche, die mir seit langem vertraut war. Immer mal wieder kam mir der Gedanke, dass sich in der Schlaffheit eine Art Wollust verbarg. War das möglich: Wollust in der Schwäche? Natürlich konnte ich die Frage nicht beantworten. Die Flaschen, Kartons und Mülltüten irritierten mich, weil ich ihren Anblick sonst nur aus Küchen alter Leute kannte. War ich alt geworden, ohne es bemerkt zu haben, war ich sozusagen heimlich alt? Es stellten sich mir zu viele Fragen auf einmal. Das Dickicht innerer Unwissenheit war ich zwar gewohnt, aber nicht in der Wohnung und nicht schon morgens. Mein Blick schweifte umher und konzentrierte sich dann auf die Flecken auf meiner Hose. Die Flaschen etc. konnte ich wegwerfen, die Hose nicht. Es war die derzeit einzige Hose, die ich überhaupt noch tragen konnte, ohne Aufsehen zu erregen. Ich zog die Hose aus, nahm ein Handtuch, hielt eine Ecke des Handtuchs unter den Wasserhahn und versuchte, die Flecken zu entfernen. Solange die Flecken eingenässt waren, blieben sie verschwunden, aber wenn das Wasser eingetrocknet war, traten auch die Flecken wieder hervor. Ich saß mit der Hose über den Knien am Fenster, nur mit Unterwäsche bekleidet. Wenig später fiel mein Blick auf einen Seifenrest am Waschbecken. Mit einer nassen Handtuchecke fuhr ich ein paar Mal zuerst über die Seife und dann über die Flecken. So, sagte ich zu den Flecken, euer Verschwinden ist nah. Ich rieb den mit Seife verstärkten Handtuchzipfel auf den Flecken hin und her, bis ich das Gefühl hatte: wenn ich ein Fleck wäre, würde ich jetzt aufgeben. Ich spülte die Seife aus der Hose wieder heraus und legte sie auf die Heizung. Aus dem Schrank holte ich meine selten getragene Zweithose heraus, zog sie an und nahm meine Tasche. Meines Wissens brauchte ich zurzeit nichts aus dem Supermarkt, aber das würde sich ändern, wenn ich im Supermarkt umherlief. Ich kaufte Margarine, Salzbrezeln, Wein, Fertigsalat und etwas Käse. Bis ich bezahlt hatte, war eine Dreiviertelstunde fast vergangen. Zu Hause ging ich sofort zur Heizung; die Flecken waren verschwunden. Die gelungene Attacke füllte mich mit Zufriedenheit. Plötzlich fiel mir meine alte Idee wieder ein: Ich könnte Hosenberater werden.

Wie ein Blitz schlug meine Angst durch: Christa und Frederike durften auf keinen Fall von meiner Hosenberater-Idee erfahren. Mit einer mittleren Begeisterung betrat ich eine Stunde später die Anzeigenabteilung des Lokalblatts und gab ein kinderfaustgroßes Inserat auf. Wieder eine Stunde später bereute ich das Inserat, das in zwei Tagen erscheinen würde. Wie peinlich! Hosenberater! Gab es etwas Hoffnungsloseres? Aber schon drei Tage später zerstreute der Erfolg meine Bedenken. Es meldeten sich Frauen mit – sagen wir – starkem Körperbau. Ich ahnte die Sorgen, mit denen sie sich herumplagten. Diese Probleme überstiegen auch meine Kompetenz. Aber die Frauen waren leichtgläubig und mit Hoffnungen schnell bei der Hand. Sie freuten sich, dass sie endlich bei jemandem gelandet waren, der nicht sofort aufstöhnte. Ohne Hemmungen redeten die Frauen über ihre Körper und ihre Gefühle und ihre Ehe und was sich dazwischen ereignete. Ich fürchtete, die Frauen hielten mich für einen Arzt, was ich später Frederike gestand. Frederike interessierte sich nicht für meine Angst und nicht für meinen Erfolg, sondern fragte, ob ich heute noch Christa treffen würde.

Ja, sagte ich.

Du bist geschmacklos, sagte Frederike.

Nicht ich bin geschmacklos, antwortete ich, geschmacklos ist das Leben selbst.

Frederike lachte.

Es gibt kein Gebiet des Lebens, sagte ich, in dem die Geschmacklosigkeit nicht den Ton angibt.

Das hast du dir fein zurechtgelegt.

Ich lege mir nie etwas zurecht, antwortete ich, ich sage immer nur, was mir im Augenblick einfällt.

Jajaja, sagte Frederike und lachte wieder; ich merkte, dass ihr meine Antwort gefallen hatte.

Du hast mit Christa einfach alles ausprobiert, sagte sie.

Verzeihung, sagte ich, aber du solltest die Liebe nicht unterschlagen; wenn wir uns nicht geliebt hätten, hätten wir uns auch für einen Sportverein halten können.

Frederike lachte erneut; ich sah ihrem Gesicht an, dass sie sich amüsierte, obwohl dasselbe Gesicht nicht unterschlug, dass Frederike auch verletzt war.

Unser Glück war das Nahverständnis zwischen uns, sagte ich. Frederike schwieg. Das Wort Nahverständnis hatte Frederike noch nie gehört, weil es mir soeben erstmals eingefallen war.

Das Nahverständnis, wiederholte Frederike und sah gegen die Wand. Nach einer Weile kehrte ihr Blick zu mir zurück. Danach nahm sie ihre Handtasche und brach das Gespräch ab.

Die Unterhaltung hatte mich geschwächt. Ich wusste von mir, dass ich mich jetzt nur durch Herumlungern in der Stadt erholen konnte. Ich nahm meine Jacke und zog sie dann doch nicht an. In den Fenstern quietschten die automatischen Kunststoffrollos herunter. In meinem Leben hatte es bis jetzt keine wirkliche Katastrophe gegeben. Deswegen nahm ich oft an, dass mich demnächst irgendein Schlag treffen würde. Schon bald spürte ich die Zerstreuung der Straßen. Ging hinter mir ein Mann oder eine Frau? Sollte ich mich umdrehen oder nicht? Schon glaubte ich, dass der Mann hinter mir meinen Zwiespalt ahnte. Ich hatte vergessen, dass ich mich in früheren Jahren oft hatte verbergen wollen. Wie wunderbar frühere Irrtümer unauffindbar im Körper verschwanden. Es war still, die Vögel zwitscherten, die Bäume wiegten sich im Wind, ein leichter Sommerregen ging nieder, meine Mutter war schon lange tot. Die halbe Stadt war starr und störrisch, sagte ich zu mir, da beißt die Maus keinen Faden ab, wie meine Mutter oft gesagt hatte. Ich freute mich, dass mir in dieser Ödnis ein Spruch meiner Mutter eingefallen war. In meiner linken Jackentasche fand ich zwei Salzbrezeln, die nach nichts schmeckten, nicht einmal nach Salz. In der Nacht war ein alter Traum wiedergekehrt. Ich befand mich in einem Lager älterer Männer, ich war der einzige junge. Zwei Wachsoldaten holten mich aus dem Lager und führten mich zu einer Vielzahl älterer Frauen. Der ältere Wachsoldat erteilte mir den Befehl, ich sollte die Frauen beschlafen, weil ihre Ehemänner impotent oder unlustig waren. Ich führte den Befehl aus, die Frauen machten keine Schwierigkeiten, einige atmeten auf. Aber nach ein paar Monaten stellte sich heraus, dass die Frauen nicht schwanger geworden waren. Daraufhin wurde auch ich in das Lager der alten Männer überführt. Im Radio war dieser Tage über den Drogentod eines Popkünstlers gesprochen worden, dessen Name ich nie gehört hatte. Jetzt näherte sich die Stunde, wo ich endlich nach Odessa reisen wollte oder sogar musste, weil ich diese Reise schon so oft aufgeschoben hatte. Ich sah die schönen, halb zerfallenen Gebäude der Stadt nahe vor meinen Augen. Ich blieb stehen, damit ich mich besser erinnern konnte. Ja, ich sah den verrumpelten Hafen vor mir, ich sah mich selber, wie ich dort umherging, einem schönen Fräulein (das sagte man damals) nachschaute und mich nicht traute, sie anzusprechen, obwohl sie darauf zu warten schien (das nahm man damals an). Oder bildete ich mir das alles nur ein? Aber auch das war (damals) normal, die Köpfe der Leute von Odessa waren voll märchenhafter Einbildungen. Aber jetzt bröckelten die Bilder in meinem Kopf. Odessa verließ mich wieder, meine Phantasie kehrte zurück in die hiesigen Straßen. Zwei Männer redeten halblaut miteinander; der Jüngere sagte: Eine solche Schangse krieg' ich nie wieder. Ich unterdrückte mein Lachen über die Unterdrückung der Sprache im Dialekt. Leider verabschiedeten sich die beiden Männer voneinander. Der eine verschwand nach links, der andere nach rechts. Ich wusste noch immer nicht, was ich tun sollte. Es blieb mir nur das Warten. Weil ich schon oft auf etwas gewartet hatte, hatte ich auch davon schnell genug. Ich freute mich über jede kleine Szene. Mir fielen zwei Männer auf, die sich die Hosen hochzogen, eine Hand rechts am Bund, die andere links. Eine Frau ordnete unentwegt ihr Haar. Eine Mutter putzte einem Kind die Nase. Sie hielt ihm ein großes Taschentuch ins Gesicht, aber es geschah nichts. Jetzt drückte die Mutter mit der anderen Hand den Kopf des Kindes von hinten gegen das Taschentuch. Das Kind verstand und leerte seine Nase in das Tuch. Die Mutter war zufrieden und küsste das Kind. Es störten mich zu schnelle Autos mit weißen Reifen, Frauen mit großen Brüsten, aber ohne BH, alte Männer auf Rennrädern und Frauen, die ihr Kind an der Hand führten, weil der Kinderwagen voll beladen war mit Toilettenpapier, Waschpulver, Illustrierten, Orangensaft und Limonade. Dieses Zittern der Blätter am Vorabend im Wind! Es verblüfften mich die Amseln. Sie konnten aus dem Stand senkrecht nach oben starten und landeten doch gezielt auf dünnen Ästen, die wackelten, aber nicht brachen. Es interessierte mich nicht, ob gerade Sommer war oder ob es Herbst wurde oder vielleicht schon Winter. Ich trug die Monate hindurch immer dieselbe Jacke und meistens auch dieselbe Hose. Frederike verspottete meine Gleichgültigkeit, aber sie verspottete mich »nicht wirklich«, wie sie immer gleich hinzufügte. Für diesen Zusatz war ich dankbar. Denn er galt auch für mich selber; auch ich lebte, aber »nicht wirklich«. Zum Glück fragte mich niemand nach meinem Wirklichkeitsverhältnis. Ich hätte nicht sagen können, wann ich wirklich lebte und wann »nicht wirklich« oder vielleicht nur halbwirklich. Hauptsache war, dass ich mich in meiner eigenen Nähe aufhielt und dass mir niemand mein inneres Wechseltheater anmerken konnte.

Als ich Kind war, sagte meine Mutter dann und wann zu mir: Bei dir knackt es nicht richtig. Zu ihrem Mann, meinem Vater, sagte sie: Bei dir tickt es nicht richtig. Zu meinem Bruder sagte sie: Bei dir hackt es nicht richtig. Heute überlegte ich, ob es bei mir nicht richtig knackte oder tickte oder hackte. Ich atmete nach diesen Überlegungen tief durch, mehr passierte nicht. Und ich fragte mich, ob ich nicht genau das hatte erreichen wollen. Es war angenehm, nach Hause zu kommen und zu sich selbst zu sagen: Ich betrete meine Wohnung als der, der von seiner Zeit verlassen wurde. Aber wo war die Zeit geblieben, die ich verbraucht hatte? In diesen Zwickmühlen war ich dankbar, dass ich Frederike hatte. Ich erzählte ihr, dass es bei mir nicht richtig knackte, nicht richtig tickte und nicht richtig hackte. Sie war einen Augenblick verwirrt, nein, sie war eine Minute verwirrt, aber dann lachte sie. Ich sagte: Wir machen einen Spaziergang am Mainufer, dann besuchen wir eine Ausstellung zum Thema Glück und hinterher gehen wir essen. Frederike sprang aus Freude an mir hoch, was schon lange nicht mehr passiert war. Später lief ich von der Küche in den Schlafraum und von dort weiter in das Arbeitszimmer und danach zurück in die Küche. Ich blätterte in meinem Notizbuch; vielleicht fand ich den Namen von jemand, den ich hätte anrufen können. Aber ich fand nur Namen von Leuten, mit denen ich nicht mehr sprechen wollte. In der Küche öffnete ich die Balkontür und trat hinaus auf den Balkon und sah eine Weile einem alten Mann dabei zu, wie er im Garten einen ebenfalls alten Liegestuhl aufklappte und dann wieder damit aufhörte, als ein paar Regentropfen fielen. Weil mir Frederike schon fast leidtat, schlug ich vor, wir könnten doch mal in den Zoo gehen.

In den Zoo? fragte sie zurück.

Ja, sagte ich, warst du schon einmal im Zoo?

Frederike lachte hell auf.

Als Kind war ich mit meinen Eltern jedes Jahr mehrmals im Zoo, sagte sie.

O Gott, machte ich.

Nach ein paar Jahren Zoo-Besuch kam es zu einem schrecklichen Zoff mit meinen Eltern, stöhnte Frederike.

Zoff? Im Zoo?

Ja, sagte Frederike; mir war nämlich aufgefallen, da war ich ungefähr elf Jahre alt, dass alle Tiere hinter ihren Gittern und Glaskabinen schrecklich traurig ausschauen.

Tatsächlich?

Ist dir das noch nie aufgefallen?

Ich war höchstens zweimal im Zoo, das hat mir gereicht, sagte ich.

Weißt du heute noch, *was* dir gereicht hat?

Allgemeine Langeweile, sagte ich, mehr nicht.

Also du hast die tödliche Trauer der eingesperrten Tiere nicht bemerkt?

Ich müsste lügen, antwortete ich, aber ich glaube nicht.

Du warst auch noch ein Kind, und Kinder bemerken nichts, wenn sie staunen, sagte Frederike.

Der Satz beeindruckte mich, ich schwieg eine Weile.

Dann sagte Frederike: Du musst nur ein einziges Mal einem Panther dabei zuschauen, wie er in seiner Glaskabine rastlos auf und ab läuft, weil er einen Ausgang aus seiner Gefangenschaft sucht und diesen Ausgang bis zu seinem Tod nicht findet.

Und deswegen wird er traurig?

Es bleibt ihm nichts anderes übrig, sagte Frederike.

Es überfiel mich eine tückische Vermutung: dass Frederike und ich uns deswegen so gut verstanden, weil wir beide so etwas wie Konfliktgeschwister waren. Als Folge meines privaten Problembetriebs traten an mehreren Stellen gleichzeitig meine Adern hervor. An den Beinen sowieso, was mir sogar gefiel; ich schätzte das Wort Krampfader schon lange: der Krampf des Lebens ließ seine eigene Anschaulichkeit zurück. Aber auch an den Händen, an den Schenkeln, am Hals, an den Fußgelenken, sogar am Penis zeigten sich die Spuren von kommenden Krampfadern. Angeblich war Frühsommer, aber dafür interessierte ich mich nicht. Es war mir gleichgültig, ob es Sommer oder Herbst oder irgendetwas dazwischen war. Frederike verspottete meine Wurschtigkeit, aber sie meinte ihren Spott nicht ernst. Frederike schickte mich los, ich sollte Spargel kaufen. Eine Bäuerin aus dem Rheingau saß den ganzen Tag in ihrer Spargelbude und wartete auf Käufer. Aber die Leute rannten wie jeden Tag in den Supermarkt. Ich spielte die Ausnahme und kaufte bei der Spargelfrau ein Pfund dünne Spargel. Früh am Abend warf ich die Spargel in einen Topf, zwanzig Minuten später waren sie gar. Ich servierte die Spargel mit Kartoffeln und etwas Mayonnaise. Sie waren noch schneller gegessen als gekocht. Sie mussten nicht einmal gekaut werden, so leicht und schnell rutschten sie über die Zunge. Nach zehn Minuten waren unsere Teller leer, wir schauten uns an und warteten auf irgendetwas. Ich wusste, Frederike wollte gern ein Kind kriegen, aber sie hatte Angst vor den Folgen. Denn wenn sie ein Kind hätte (das sagte sie selbst), würde sie es auch stillen wollen. Aber zwei Freundinnen hatten sie gewarnt, dass sie durch das Stillen das Ende ihres schönen Busens zu fürchten hatte. Es dauert nur wenige Monate, sagten die Freundinnen, dann hängen deine Brüste wie zwei zu lange benutzte Waschlappen herunter. Und du wirst der erste sein, sagte Frederike zu mir, der diese Waschlappenbrüste nicht mehr mag, und ich werde die zweite sein, die darunter zu leiden hat. Ich ahnte, dass Frederike diese Auseinandersetzung verlieren musste; sie würde den Kindverzicht auf Dauer nicht aushalten. Sie wusste noch nicht, dass die Attraktivität ihres Busens durch Altern sowieso nachlassen würde, das Verlangen nach einem Kind würde jedoch weiter zunehmen. Frederike wusste ebenfalls nicht, dass auch für mich ein Kind als Zeichen meines eigenen Lebens bedeutsamer sein würde als ein alternder Busen. Das Thema war für uns beide zu heikel, so dass wir nicht lange darüber sprechen konnten. Ich zitterte leicht, obwohl ich nicht genau wusste, was mich zittern machte. Frederike war nach wie vor erstaunlich zart zu mir. Frühmorgens im Bett fuhr sie mir mit der Hand unters Unterhemd und versuchte, mich noch einmal in den Schlaf zu schicken. Ein paar Tage später erinnerte ich mich, dass mich meine Mutter, als ich Kind war, mit der flachen Hand genauso gestreichelt hatte wie Frederike vor ein paar Tagen. Über diese Verdoppelung eines Erlebnisses empfand ich Glück und Dankbarkeit. Das Streicheln mit der Hand über den Rücken (und wenig später über den Bauch) war wie eine bestandene Aufnahmeprüfung ins Ehefach. Ich traute mich nicht, mit Frederike über mein Verdoppelungsglück zu sprechen. Erstmals fühlte ich, dass mein Schweigen nicht redlich war.

Schon wieder warf ich mir vor, dass ich zu wenig erlebte.

Ich war schüchtern und einfallslos geworden. Als Grund dafür drängte sich auf: Ich war nicht mehr jung. Mehr noch beunruhigten mich die tieferen Schichten dieses Gefühls: Das gemeinschaftliche Altern *mit* Frederike. Es war nicht das Geschlechtsleben, das seine Attraktivität eingebüßt hatte, sondern die ehemäßig entstandene Abwendung vom Immergleichen. Obwohl wir nicht verheiratet waren, verhielten wir uns wie ein Ehepaar. Dahinter verbarg sich vermutlich ein Rätsel, das sich von mir allein nicht lösen ließ. Viel angemessener reagierte Frederike; sie sagte: Ich kann nicht gegen etwas sein, was ich zum Leben brauche. Ich bewunderte ihren praktischen Lebenssinn. Zwischen *mir* und der Wirklichkeit existierte ein stummer Vertrag. Der Vertrag hatte nur einen Paragraphen: Du darfst die Wirklichkeit nicht verfälschen. Aber was war die Wirklichkeit und, noch schwieriger, was war ihre Verfälschung? Fast täglich quälte mich meine überflüssige Besorgtheit; ebenso täglich überlegte ich, woher diese Besorgtheit kam und wie ich sie abschütteln könnte. Die Besorgtheit war der Grund, warum ich mich so oft an meine Eltern erinnerte. Ihr Armutsgehabe ertrug ich, je länger es zurücklag, immer weniger. Ich erlebte dieses Gehabe als etwas Gegenwärtiges, das den Tod meiner Eltern überlebt hatte, obwohl ich auch diesen Vorgang nicht verstand. Mein Vater war ein Versager, aber er war nicht arm, nicht unglücklich und nicht verzweifelt. Als Jugendlicher merkte ich, dass er gern als arm gelten wollte. Meine Mutter war eine täglich aufseufzende Ehefrau, die sogar dann, wenn sie nur die Einkaufstasche an sich nahm, hörbar stöhnte. Ich brauchte Jahre, bis mir klargeworden war, dass mein Vater zwar ungeschickt und erfolglos war, im Kern aber guten Willens und sogar ehrenhaft. Er war ein Antisemit zu Zeiten, als die Kleinbürger noch nicht wussten, was Antisemitismus war. Er hielt den reichen Juden vor, dass sie in den dreißiger Jahren teure Pelzmäntel trugen, während er mit seinem abgetragenen Kittel zurechtkommen musste. Er beklagte sich, dass die reichen Juden eingehenkelt zu dritt und viert nebeneinander die Geschäftsstraßen entlangkamen, so dass er, der fast mittellose Arbeiter, auf die Straße ausweichen musste. Ich fühlte, wie sonderbar es war, mich solcher untergegangener Geschichten zu erinnern. Ich setzte mich manchmal irgendwohin und wartete, bis der Dunst alter Konflikte verzogen war. Das heutige Alltagsgeschehen war milder. Einmal sah ich ein paar Gärtnern dabei zu, wie sie eine riesige Platane stutzten. Die Äste krachten auf den Bürgersteig nieder, wofür sich sogar Hausfrauen interessierten. Ein Säugling verstand nicht, dass es in der Luft so lebhaft zuging. Schwalben zischten in kleinen Gruppen um die Hochhäuser herum, was sich die Mütter gerne anschauten.

Ich wollte mir ein Eis kaufen, aber ich fand keinen Eis-Salon. Ich drang in die Innenstadt vor, aber einen Eis-Salon sah ich nicht. War das möglich? Waren Eis-Salons still und heimlich abgeschafft worden? Wahrscheinlich waren die Mieten in der Stadt inzwischen unbezahlbar und die Einnahmen zu mager. Mir gefielen schon die Worte Eis-Salon, Eis-Diele und Eisbällchen. Es war sehr sonderbar, von zwei Wörtern, die mir aus der Kindheit geblieben waren, plötzlich verlassen worden zu sein. Gleichzeitig glaubte ich diese Vorgänge nicht. War es möglich, von Wörtern verlassen zu werden? Ich war jemand, in dem die Wörter weiterlebten. An manchen Tagen hielt ich es für meine Aufgabe, irgendwann ihre Unsterblichkeit zu entdecken. Jede kleine mickrige Menschenansammlung brachte den üblichen Lärm hervor. Wenn ich bloß herumlungerte, hatte ich schnell das Gefühl, dass ich mich selber nachahmte, das heißt ein früheres Bild meiner selbst, als ich ungefähr elf Jahre alt war und mich bemühte, unbeschwert umherzugehen. Prompt dachte ich an meine Eltern, die längst in den Geschichten erstarrt waren, die sie zunächst von sich selbst erzählten und die ich dann weitererzählte. Gern berichtete ich, wie mich meine Mutter täglich an ihren Busen drückte und wie mich mein Vater genau in diesen Augenblicken ermahnte, meine Schulaufgaben nicht zu vernachlässigen. Sehr viel später kam mir der Gedanke, dass mein Vater ein Sadist war, der mir ein Glück vereiteln wollte, das ihm selbst – wahrscheinlich, vielleicht – nicht mehr möglich war. Ich hätte ihn gerne darauf hingewiesen, dass ich am Busen meiner Mutter keine Ermahnungen entgegennahm, aber ich traute mich nicht. Ich fragte mich, ob auch ich in meinen Geschichten erstarrt war und von dieser Erstarrung nichts ahnte. Denn eine Erstarrung war erst dann eine Erstarrung, wenn der Erstarrte sich freudig in seine Erstarrung fügte.

Das Geld, das Vater verdiente, hatte nie gereicht. Wir waren zu fünft: Vater, Mutter, drei Kinder. Es traf Vaters Ehre, dass er seine Familie nicht immer ausreichend ernähren konnte. Mutter hatte keinerlei Ausbildung. Sie ging von Haus zu Haus, verkaufte mal Honig, mal Bürsten, mal Nähmaschinen, dann warb sie wieder Mitglieder für eine Versicherung, ebenfalls von Tür zu Tür. Auch sie litt stumm, weil sie in »Verhältnissen« lebte, die morscher als Holz und härter als Stahl waren. Immer öfter wurde sie von Depressionen heimgesucht, ohne dieses Wort je gehört zu haben. Es gab gegen Depressionen damals noch keine Tabletten, es war auch noch nicht üblich, wegen Depressionen zum Arzt zu gehen. Sie ließ im Schlafzimmer den Rolladen herunter und legte sich schon am frühen Nachmittag ins Bett. Immer mal wieder öffnete ich als Kind die Tür des Schlafzimmers und hörte ihr kaum unterdrücktes Schluchzen. Ich saß allein in der Küche und scheiterte vor meinen Schulaufgaben. Von Zeit zu Zeit erschien Mutter im Nachthemd, nahm Kopfwehpulver, das vermutlich nicht viel taugte, und legte sich wieder ins Bett. Ich dachte oft darüber nach, ob ich nicht fliehen sollte, aber ich wusste nicht wohin und außerdem war mir nicht klar, wie das geht: fliehen. Noch heute hatte ich zuweilen Angstanfälle, Mutter würde sich bald das Leben nehmen – als wäre sie nicht schon lange tot. Ich lief dann in der Stadt herum und war sicher, heute, wenn ich in *meine* Wohnung zurückkehrte, würde Mutter tot in der Küche liegen. Tatsächlich war ich erleichtert, wenn ich die Tür geöffnet hatte und meine tote Mutter nicht entdecken musste.

Ich sah den halbweißen bis hellgrauen Wolken zu, wie sie schnell am Himmel vorüberzogen. Bald würde es Frühabend sein. Dann begannen die stillsten Stunden in der Stadt, die auch mich beruhigten. Ich wollte herausfinden, warum meine Erregungen so rasch schwächer wurden und dann ganz verschwanden. Ich verlor immer mehr Haare; der verbleibende Rest fing an, dünn zu werden. Ein kleiner Windstoß genügte, und mein Resthaar stand schräg zu Berge. Ich hatte schon bemerkt, dass ich zu den Leuten gehörte, mit denen andere Menschen nicht zusammentreffen wollten. Zu den schwierigsten Begegnungen zählte ein gelegentliches Wiedersehen mit einem Professor, dessen Philosophie-Vorlesungen ich vor vielen Jahren besucht hatte. Er dozierte über den Unterschied zwischen Furcht und Angst. Die Furcht galt stets einer bestimmten, klar abgegrenzten Situation. Die Angst dagegen brauchte keine bestimmte Situation, denn die Angst herrschte immer, oft auch ohne Grund, sagte der Professor. Ich hatte keine Ahnung, warum mir dieser Unterschied so oft einfiel. Ich hatte weder Angst noch Furcht, aber vielleicht irrte ich mich. Zum Beispiel fürchtete ich zuweilen, dass mich der Professor wiedererkennen könnte, obwohl er inzwischen vermutlich gestorben war. Durch meine Scheu vor anderen Menschen entdeckte ich die Ähnlichkeit mit meinem Vater. Mit einem solchen Schlag hatte ich nicht gerechnet. Ich ging sofort nach Hause und stellte mich nacheinander vor die beiden Spiegel, die es in meiner Wohnung gab. Nein nein, das ist nicht das Gesicht meines Vaters, sagte ich halblaut vor mich hin und glaubte es nicht.

12

Ich betrachtete gern ratlose Menschen. Viele von ihnen blieben auf der Straße stehen, schauten auf ihre Armbanduhr, auf ihre Schuhe oder auf die Knöpfe an ihrer Jacke. Vielleicht waren sie auch nicht ratlos und vertrödelten nur ihre Mittagspause. Einmal sah ich, wie eine Frau auf einen wartenden Mann zuging, ihn ohrfeigte und dann weiterging. Der Mann rieb sich die Wange, ehe er sich mit langsamen Schritten entfernte. Dann blieb er stehen und schaute kurz zurück. Wahrscheinlich wollte er prüfen, ob jemand die Ohrfeigen-Szene beobachtet hatte. Es gab viele Halbfremde in der Stadt; mal grüßten sie mich, ich sie aber nicht. Dann grüßte ich sie, und sie übersahen mich. Ich zog mein tiefblaues Hemd an. Als Frederike mich anschaute, sagte sie: Das Hemd kannst du nicht mehr anziehen.

Wieso?

Es hat Schweißflecken, sagte sie.

Wo?

Überall, vorn und hinten, weil du schon gestern in diesem Hemd geschwitzt hast.

Das stimmt. Du erinnerst dich sonst so genau, sagte sie, aber die Schweißflecken auf deinem Hemd fallen dir nicht auf oder du vergisst sie.

Ich lachte, was Frederike nicht angemessen fand. Bitte zieh ein anderes Hemd an.

Es genierte mich, ihr zu sagen, dass Schweißflecken mich

nicht beeinträchtigten. Still zog ich ein frisches (weinrotes) Hemd an.

Es war ein grauer, fast düsterer Tag. Ich fühlte eine gewisse Enge, über die ich nicht reden wollte. Ich fragte mich: Wo sollte ich denn jetzt hinschauen, was sollte ich sagen oder beobachten, was könnte ich fühlen? Ich verschwieg mir nicht, dass auch ich ratlos war. Auf der Straße landete eine riesige Krähe. Nicht weit von dem Vogel stand eine halboffene Mülltonne; die Krähe ließ sich auf deren Rand nieder und entdeckte in der Tiefe des Mülls einen Brotkanten. Obwohl das Brot hart war, zog der Vogel den Kanten heraus und hackte auf ihn ein. Auf der anderen Seite der Straße entdeckte ich Hannelore, eine schmerzliche Jugendliebe. Unser Abenteuer lag etwa dreißig Jahre zurück. Damals trafen wir uns bei ihr zu Hause, nachmittags. Ihre Mutter wusste oder ahnte, dass wir verliebt waren; sie verließ die Wohnung, wenn ich kam. Hannelore und ich legten uns auf das Sofa, zogen uns aber nicht aus. Es geschah nichts außer Streicheln und Küssen. Der Anblick meines steifen Geschlechts erschreckte mich damals dermaßen, dass mir Lust und Mut vergingen. Ich nahm an, auch Hannelore war erschrocken. Immerhin umarmten wir uns, Hannelore schob mir ihre kleine Hand unters Hemd. Nach etwa eineinhalb Stunden kehrte die Mutter zurück. Sie tat, als sei nichts gewesen; es war ja auch nichts gewesen, nur konnte sie das nicht wissen. Hannelore und ich legten unsere Jacken an und gingen zum Neckarufer. Wir gingen dort verstockt spazieren und verarbeiteten schweigend, dass wir noch nicht reif genug waren. Bald darauf heiratete Hannelore einen Amerikaner, zog mit ihm nach USA und bekam zwei Kinder. Nach fünf Jahren ließ sie sich scheiden und kehrte zurück nach Frankfurt. Jetzt lief sie auf der anderen Seite der Straße und erkannte mich nicht.

Ich spazierte durch die einfältigsten Zonen der Stadt, vorbei an vergessenen Schaufenstern, vorbei an Angestellten mit Smartphones, vorbei an Männern, die ihr Auto wuschen. Vielleicht war es ein bisschen pervers, denn mir gefiel meine Einsamkeit. Kann man ein bisschen pervers sein, fragte ich mich sofort. Es war bezeichnend, dass ich mich nicht mit meiner Einsamkeit beschäftigte, die ich Isolation nannte und damit schon fast behoben hatte, weil Isolation längst ein Massenphänomen war, über das sich niemand erregte. Die halbe Stadt (und ihre Einwohner) war starr und störrisch, sagte ich zu mir, da beißt die Maus keinen Faden ab, wie meine Mutter oft gesagt hatte. Prompt freute ich mich, dass mir in dieser Ödnis dieser Spruch schon zum zweiten Mal eingefallen war.

An einem Dienstagmorgen war ich noch im Bett und betrachtete ein kleines Insekt, das an der Zimmerdecke entlanglief. In meinem rechten Bein kündigte sich ein Krampf an. Ehe es so weit kommen würde, stand ich auf und lief in der Wohnung herum, bis sich der Krampf verflüchtigte. Die Langeweile lag wie faules Obst vor dem Beginn des Tages. Im Radio ertönte Bachs Kantate »Ich bin vergnügt mit meinem Glücke«. Ich war so begeistert schon über die erste Zeile, dass ich mich noch einmal ins Bett legte und das Radio lauter stellte. Wenn ich Frederikes Busen küsste, roch ich manchmal ihren Achselschweiß, was ich ihr nicht sagen durfte, weil sie nicht glauben mochte, dass Frauenschweiß manchmal genauso attraktiv (anziehend) war wie der Busen selbst. Frederike war seit Wochen bemüht, mir eine Stelle zu besorgen. Sie brachte mich zu diesem und zu jenem Personalchef, ich ließ mich führen, widerwillig zwar, aber es war mir klar, dass Widerstand zwecklos war, im Gegenteil, ich war dankbar und bedauerte, dass ich meine Dankbarkeit nicht ausdrücken konnte. Bei einer der letzten Vorstellungen erinnerte mich Frederike plötzlich an meine Mutter. Sie, meine Mutter, hatte mich auch in Büros vorgestellt, als ich fünfzehn oder sechzehn war und als Schulversager eine Lehre beginnen musste. Die Lösung der Mutterparallele war einfach und naheliegend: Nach der leiblichen Mutter hatte sich mir nach vielen Jahren eine andere Liebesmutter genähert, die genauso verlässlich, fürsorglich und hartnäckig war wie einst die leibliche Mutter.

Ich hätte eine Sekretärin brauchen können, die mir morgens gesagt hätte: Heute können Sie die schwarze Hose anziehen, die andere bringe ich in die Reinigung. Aber Ihr Unterhemd können Sie nicht noch eine weitere Woche tragen, es riecht jetzt schon ein bisschen. Ich wünschte meine tote Mutter zurück, was ich verheimlichen musste. Frederike war meinen Heimlichkeiten oft nahe; sie sagte mitunter: Ich bin nicht deine Mutter, du musst dich selbst um deine Unterwäsche und so weiter kümmern. Wenn es nötig war, schaltete sie sofort um. Zu dem Personalchef sagte sie (und wies dabei auf mich): Das ist ein kluger und zuverlässiger Mann, der schon als Disponent, Empfangschef, Produktionsaufseher, Kalkulator und Abteilungsleiter gearbeitet hat. Er hat sehr gute Zeugnisse, die er auch dabeihat. Der Personalchef fragte Frederike: Warum setzen Sie sich so für ihn ein? Frederike antwortete kühl: Er ist mein Lebensgefährte. Ach so, ja dann, machte der Chef. Ich genierte mich bereits wieder, was der Chef vermutlich bemerkte. Dann sagte er zu mir: Sie können bei uns als Disponent anfangen. Ich zuckte zusammen, nickte dann aber doch und nahm die Stelle an.

Wann können Sie anfangen? fragte der Chef.

Im Prinzip schon morgen, antwortete ich.

Vereinbaren wir nächste Woche am Montagmorgen um 8.00 Uhr. Bitte melden Sie sich kurz vor acht bei unserem Disponenten Herrn Klimmert. Herr Klimmert ist Ihr Kollege und wird Sie einarbeiten.

Danach schien alles gesagt zu sein. Frederike bedankte sich, erhob sich, ich nach ihr, dann verließen wir das Chefzimmer. Ich fühlte mich überrumpelt, aber ich sah ein, dass etwas hatte geschehen müssen. Ich dankte Frederike, worüber sie (schien mir) erleichtert war. Wenig später setzten wir uns in ein Straßencafé. Frederike bestellte einen Milchkaffee, ich ein Glas Wein. In Wahrheit war mir zum Heulen zumute, aber ich konnte mich beherrschen. Nach einer Weile nahm Frederike meine Hand und sagte: Es wird schon werden. Nicht weit von uns saß ein Mann, der ein rosa Hemd trug. Ich hoffte, dass Frederike und ich nicht über das rosa Hemd reden würden. Ich geriet in eine mir bis dahin unbekannte innere Spannung. Einerseits wollte ich mich zu Frederike partnerschaftlich verhalten, andererseits spürte ich, wie »normal« (üblich) ihr meine Unterdrückung erschien. Wie einst meine leibliche Mutter unterwarf sie mich. Wie einst wehrte ich mich eine Weile mit bizarren Winkelzügen, an denen Frederike leicht ablesen konnte, wie sehr sie mich in der Hand hatte. Meine Freiheit endete am kommenden Montagmorgen um 8.00 Uhr.

Vermutlich deswegen blieb ich die restlichen Tage morgens lange im Bett. Jeden Morgen hellte sich draußen der Tag auf, ich war begeistert. Ich sah zuerst den blauen Himmel, dann Frederikes bleiche rechte Brust. Frederike schlief tief und fest. Sie hatte es nicht gern, wenn ich ihren Busen betrachtete, wenn draußen der Morgen graute und sie noch schlief. Dabei war gerade die Motivmischung (Busen und Morgengrauen) anziehend und belebend. In den Museen hingen viele wunderbare Gemälde aus mehreren Jahrhunderten, die Frauen mit *einer* entblößten Brust zeigten, die andere Brust war meistens ordentlich verhüllt. Ich geriet in eine dankbare Stimmung und hätte lange reden können. Hoffentlich schlief Frederike noch mindestens eine Dreiviertelstunde; bis dahin war (wäre) meine Bewunderung erschöpft/ermüdet und ich könnte mit ihr reden wie immer.

Ich hatte meine schmutzige Wäsche nicht rechtzeitig in die Reinigung gebracht. Jetzt waren nur noch Unterhemden und Unterhosen übrig, die ich nicht gerne trug. Die Unterhosen waren zu knapp geschnitten und deswegen zu eng. Die Unterhemden hatten keine Ärmel, sondern nur Träger über den Schultern, so dass sie im Winter nicht ausreichend wärmten. Dennoch warf ich sie nicht weg, sondern trug sie, bis sie faserig und löchrig wurden. Ich hätte natürlich sofort in ein Kaufhaus gehen und mir neue Unterwäsche kaufen können, wenn ich der Anblicke in Kaufhäusern nicht überdrüssig gewesen wäre. Ich traf eine frühere Kollegin, was mir ein wenig peinlich war, weil ich mich nicht mehr erinnerte, wann und wo genau wir Kollegen gewesen waren. Sie hatte dieses Problem nicht. Als sie mich auf der Straße umarmte, merkte ich, wie rundlich und weich sie geworden war. Dennoch gefiel mir die Umarmung und beeindruckte mich sogar. Also drückte ich sie heftig an mich und küsste ihren faltigen Hals, was ihr (nahm ich an) nicht zudringlich war. Sie schloss sogar die Augen, so dass sich zwischen uns ein verträumtes Gesamtbild ergab, was uns beiden gefiel. Sie entdeckte ein kleines Loch in meinem linken Strumpf. Mich erinnerte das Loch an ein Nähetui, das ich zu Hause herumliegen hatte. Als die Kollegin über das Loch im Strumpf kicherte, fühlte ich, dass sie bereit war, mit mir in die Wohnung zu gehen und das Loch zu stopfen. Denn ich würde mich wieder nicht aufraffen können, ein reales Loch mit realem Nähgarn und einer realen Nähnadel zu stopfen. Unsere Stimmung führte nicht dazu, dass sie mir in die Wohnung folgte, worüber ich Dankbarkeit empfand. Eigentlich trug ich eine Brille, aber noch eigentlicher *ertrug* ich sie nicht. Also ging ich ohne Brille umher und nahm die Mängel meines Ichs hin. Manchmal blieb ich irgendwo stehen und lehnte mich an eine Hauswand, schloss die Augen und wartete, bis mich der nächste Zufall weiterbrachte. Der Schock der regelmäßigen Arbeit bettete mich in einen anderen, vielleicht sogar neuen Alltag ein. Ich war gespannt, nein, ich war nicht gespannt. Denn in meinem Inneren klagte ich weiter über Unlust, Erschöpfung, schlechte Laune und über Streitigkeiten mit Frederike. Ich erinnerte mich an meine Mutter, die eine Krankheit erfand, die mich tagelang von der Schule befreite. Sie erlaubte mir, was sie eigentlich nicht durfte: Ich schlenderte in der Stadt herum – und lernte die Welt außerhalb der Schule kennen. Ich stieß auf sogenannte Autohäuser, in deren Schauräumen die neuesten Modelle von Mercedes, Porsche, Opel, Volkswagen und andere ausgestellt waren. Die Schauräume waren damals beliebt, Männer standen immer dicht an den Scheiben. Als Kind stellte ich mich dazu und überlegte, welches Auto ich als Erwachsener besitzen würde. Als ich nach Hause kam, sagte ich: Zu Weihnachten wünsche ich mir einen Porsche. Meine Mutter lachte und küsste mich. Als Weihnachten kam, hatte ich den Porsche vergessen. Irgendwo bellte ein Hund. Ich blieb stehen, aber ich konnte den Hund nicht entdecken. Ein Mann aß mit einem grünen Plastiklöffel einen gelben Brei aus einem schraffierten Glas. Danach verspeiste er einen Pfirsich, allerdings nicht ganz. Er hatte eine Plastikfrischhaltebox dabei, in der er den halben Pfirsich verstaute. Eine Frau mit zwei Kindern, einem Handy und einem Dackel kam mir entgegen. Das kleinere Kind saß im Kinderwagen, das größere führte die Frau an der Hand, das Handy hatte sie an ihr rechtes Ohr geklemmt und der Dackel war an den Kinderwagen gebunden. Als die Frau an mir vorüberging, sah ich, dass sie mit einem weiteren Kind schwanger war. Ich überlegte, dass sie sich für das nächste Kind vermutlich einen Rucksack anschaffen würde. Ein Mann griff mit beiden Händen in die Rückenpartie seines Gürtels und zog seine Hose etwa sieben Zentimeter nach oben. Zwei Angestellte redeten, ich hörte flüchtig zu. Dabei ermahnte ich mich: Du musst nicht fliehen; weggehen und wiederkommen reicht.

Ich schlug den Weg zum Amtsgericht ein, obwohl ich dort nichts zu tun hatte. Aber ich sah gerne, wenn Angeklagte das Gericht verließen und ihr Gesicht voller Freispruch war. Zwei Frauen redeten beim Gehen über Chopin und nannten ihn jedes Mal Schopäng. Ich erfreute mich meiner Gedankenlosigkeit, das heißt meiner Freiheit. Ich hörte das Husten der Leute in ihren Wohnungen. Die Brüste der älteren Frauen sanken allmählich nach unten und wurden ein Teil ihres Bauchs. Wenn ich gähnen musste, kamen mir die seltsamsten Tränen, die ich kannte. Denn ich gähnte nicht aus Trauer und nicht aus Angst; war es möglich, dass mich meine Freiheit zum Gähnen zwang? Die Frage überforderte mich. Weiter im Kopf, sagte ich zu mir. Ein Güterzug rumpelte am Stadtrand durch die Stille. Am Aufschlagen der Räder erkannte ich, dass der Güterzug nichts als leere Tanks hinter sich herzog. Als Kind rannte ich mit meinen Freunden zum Ufer eines Kanals, weil uns das fast stillstehende Brackwasser beeindruckte und beunruhigte. In der Nähe des Kanals gab es eine Eisenbahnbrücke, unter der wir uns versteckten. Wir warteten auf den nächsten Güterzug, weil wir unter dem Gedröhn des endlosen Zugs erzitterten und dabei Lust empfanden. Manchmal waren Mädchen dabei, die zu weinen anfingen, weil sie meinten, der Zug würde nicht mehr enden und sie kämen am Abend nicht mehr zu ihren Eltern zurück. Ich staunte die weinenden Mädchen an; sie waren nach meiner Mutter die ersten Menschen, die ich weinen sah. Die Mädchen rieben sich ihre Augen, bis deren Ränder rot wurden. Ich hatte nicht das Gefühl, dass gerade ein Wochenende vorüberging. Die Geschäfte und Lokale hatten zum Teil geöffnet, was ich noch immer nicht richtig einordnen konnte, weil in meiner Jugend an einem Samstag (den man damals Sonnabend nannte) Lokale und Geschäfte geschlossen waren. Erst spät, meistens nach Mitternacht, hörte ich am Radio, dass soeben der Montag angebrochen war. Innerlich musste ich lachen.

Guter Gott, wie gleichgültig es war, ob wir die vergangene Zeit hinterher Samstag, Sonnabend oder Montag nannten.

Ich erinnerte mich schon wieder an meine Mutter und fand das allmählich verdächtig. Als ich sieben oder acht Jahre alt war und in die Schule ging und anfing zu leiden, gab mir meine Mutter manchmal ein bisschen Geld mit auf den Schulweg. Ich sah andere Schüler, die sich an einem Kiosk dies und das kauften. Beliebt war die Wundertüte; das Wort ›Wundertüte‹ sprach mir zart ins Gemüt: Ja, eine Wundertüte wird dir helfen. Im Klassenzimmer entdeckte ich, dass am Grund der Wundertüte sogenannter Waffelbruch lag. Auch dieses Wort verzauberte mich. Als gegen Mittag der Unterricht zu Ende war, aß ich den Rest des Schulbruchs auf. Auch dieses von meinem Kinderhirn erfundene Wort entrückte mich von der Schule und tröstete mich außerdem. Die anderen Kinder sagten Waffelbruch, nur ich allein redete vom Schulbruch und wusste vermutlich als einziges Kind, was ich meinte.

In der Stadt sah ich Frederike einkaufen. Sie schien mich (noch) nicht bemerkt zu haben. Ich hatte wieder einmal das mich bedrohende Gefühl, dass ich noch immer nicht reif für die Liebe war, sondern höchstens für das Herumtändeln mit ihr. Insofern war auch meine »Beziehung« zu Frederike gefährdet beziehungsweise wackelig beziehungsweise unsicher. Ich hatte nicht die Kraft beziehungsweise nicht den Mut, vor Frederike hinzutreten und zu sagen: Hier bin ich, mach irgendwas mit mir. Ich sah und hörte eine schluchzende Frau. Sie saß, relativ ungeschützt, im Innenhof eines großen Hotels, sie hielt sich ein Taschentuch gegen den Mund und blickte auf den Boden. Ich lief an Schaufenstern vorbei und hatte das Gefühl, alles schon gesehen zu haben, entweder im Fernsehen oder auf Bildern in der Zeitung oder in meiner Erinnerung, die (wie eine Maschine) untergegangene Bilder wieder und wieder aufblendete. Ich wurde älter; ich merkte es daran, dass ich immer weniger Lust hatte, mich zu waschen. Es fiel mir auf, dass ältere Leute rochen. Ich nahm den Geruch auf und schrieb ihn anderen Leuten zu, mir selbst nicht. Ähnlich war es auch mit der Kleidung. Ich beschwerte mich (innerlich), dass ältere Männer und ältere Hosen auf groteske Weise zueinander passten; dass ich selbst älter wurde und ältere Hosen trug, übersah ich gewohnheitsmäßig. Dabei fürchtete ich mich fast täglich, dass Altsein und Noch-älter-Werden das Thema auch meiner Zukunft werden würde, falls ich eine Zukunft noch haben sollte. So vorsichtig, fast zierlich dachte ich über mich. Ich sah eine Mutter mit Kind und blieb stehen. Es ging sehr schnell, dass ich das Kind um die Mutter und die Mutter um das Kind beneidete. Außerdem beneidete ich die Mutter um ihre Jugend und ihre Schönheit, um ihre Halskette und um ihre Frisur. Außerdem beneidete ich das Kind um seine patschige Dreistigkeit und um sein spuckendes Sprechen. Was mich überraschte, war meine Müdigkeit; ich hatte mir immer vorgestellt, Älterwerden sei eine Belohnung, und eine Belohnung konnte kein Mangel sein und auch keine Demütigung. Dabei waren der Mangel und die Demütigung in jeder U-Bahn schwarz auf weiß zu lesen. In jedem Wagen hieß es: Es wird gebeten, Sitzplätze für ältere Personen freizuhalten. Ich hätte auf meiner Müdigkeit bestehen können, aber ich traute mich nicht. Niemals hätte ich sagen können: Würden Sie mir Ihren Sitzplatz überlassen, ich bin – altersmäßig – sozusagen berechtigt. Auf dieser Scham, die Bedürftigkeit öffentlich machte, beruhte der sonderbare Stolz der Alten, zu denen ich mich noch nicht zählen wollte. Früher, als ich noch nicht regelmäßig gearbeitet hatte, war die Stunde zwischen zwei und drei Uhr nachmittags die stillste Stunde des Tages. Ich sehnte mich zurück nach meiner früheren Freiheit als Gelegenheitsverdiener; gleichzeitig traute ich mich nicht, Frederike diese Sehnsucht mitzuteilen.

Frederike war eine Frau, die sich immer mal wieder im Zoo vergnügte; jetzt wollte sie in den Palmengarten, und zwar mit mir. Ich hatte keine Lust beziehungsweise ich sträubte mich, was Frederike nicht verstand. Sie schaute mich an und wartete stumm auf eine Erklärung. Ich sagte: Im Palmengarten laufen zu viele Rentner, zu viele dicke Frauen und zu viele Fräuleins mit Hunden herum. Frederike lachte und fragte: Muss ich das ernst nehmen? Nein, antwortete ich und sagte nichts mehr. Mein Urteil flackerte in meinen Augen; anders konnte ich mir nicht erklären, wie schnell ich zu den Befunden kam, die ich fast stündlich, wenn auch still, von mir gab. Ich musste Frederike verheimlichen, dass das Herumwandern in der Stadt (auch) eine Art Aussöhnung mit meinen Gespenstern war, ein vorübergehender Friede, eine Art Stillhalteabkommen. Ich schätzte die Überschaubarkeit der Stadt, in der ich lebte. Einmal hatte ich versucht, die Stadt als Fußgänger zu durchqueren; nach der Hälfte brach ich den Versuch ab, weil mir die Stadt zu langweilig geworden war.

Heute Nacht hatte ich geträumt (träumte mir), dass mein Vater in eine Anstalt für geistig Verwirrte eingeliefert worden sei. Als ich aufwachte, erschrak ich zwar, aber ich war nicht verwundert über den Traum. Tatsächlich hatte ich als Heranwachsender oft geglaubt, dass eine solche Anstalt das richtige Heim für meinen Vater gewesen wäre. Ich hatte nie die Bilder vergessen, als mein Vater meine Mutter durch die kleine Wohnung jagte und die Mutter dann schlug, als er sie in eine Ecke gedrängt hatte und sie nicht mehr wusste, wohin sie jetzt noch fliehen sollte/könnte. Mitten in der Nacht fing ich an, mich im Bett herumzuwälzen. Da ich nicht wach wurde, merkte ich nicht, dass ich immer wieder die gleichen Bewegungen wiederholte. Dann zog ich die Beine an wie ein alter Mann, der vor Angst nicht länger laufen wollte. Über eine Stunde brauchte ich, um wach zu werden. Ich merkte es, weil ich in meiner Hand plötzlich den Lichtschalter fühlte und die Lampe anknipste. Ungefähr alle vierzehn Tage wiederholte sich dieses Traumtheater. Als ich endlich wach war, stand mir der Schweiß sogar in den Ohren. Ich ging ins Bad und wusch mich. Je älter ich wurde, desto enger wurde mein Kopf und träumte immer öfter dasselbe. Jetzt war ich hellwach und wusste nicht, was ich machen sollte. In der Wohnung über mir schob jemand einen Stuhl beiseite und zog ihn dann wieder zu sich heran. Ich überlegte, ob ich Frederike anrufen sollte. Für den Fall, dass sie sich beschwerte, hätte ich ihr von meiner Mutter erzählt. Da ich sie nicht anrief, erzählte ich mir selber von meiner Mutter. Das verliert sich wieder, sagte sie oft zu mir, als ich Kind war und nicht weiterwusste. Was verliert sich wieder? fragte ich zurück. Da ich auf eine Antwort nicht hoffen konnte, begann ich, unsere Verhältnisse zu beobachten und zu warten, *was* sich *wo* verlor und vor allem: *wohin* es sich verlor. Ich kam als Kind nicht auf die Idee, dass ich soeben einem großen Rätsel näher kam, bei dessen Lösung mir niemand helfen konnte. Also übernahm ich das Rätsel meiner Mutter und sagte bis heute dann und wann: Das verliert sich wieder.

Der Regen prasselte nieder und hatte für niemanden eine Botschaft. Wie nasse Handtücher standen/hingen die Hochhäuser nebeneinander. Es regnete schon seit Tagen. Unter Kapuzen und Schirmen schauten die Menschen hervor. Frauen spreizten die Beine, um große Pfützen zu überqueren. In den Nachrichten hieß es, dass eine Frau tot aus einem reißenden Bach geborgen worden war. Ein weißer Gummihandschuh lag auf der Straße. Ein Übermaß von Erinnerungen bedrängte mich; ich wusste nicht, ob ich deswegen beunruhigt sein musste oder nicht. Die Erinnerung an meine toten Eltern war zuweilen derart schmerzhaft, dass ich mich am liebsten wie ein Bettler an eine Hauswand gestellt hätte; um den Hals ein Schild mit der Aufschrift ›Mann erträgt Schmerz um seine toten Eltern und bittet um kleine Spende‹. Ich fragte mich, ob ich eigentlich jeden Tag die gleichen Leute wiedersehen wollte; eine Antwort war mir nicht möglich. Ich bemerkte nicht, dass ich dasselbe Problem schon ohne Vater hatte; wenn ich sein Gesicht sah, wollte ich am liebsten sofort fliehen. Eine Lösung dieses Problems war in weiter Ferne. Einerseits mochte ich die Menschen täglich wiedersehen, andererseits wollte ich ihnen wie lästigen Verwandten rechtzeitig aus dem Weg gehen. Ich fühlte mich frei, weil ich mit offenen Augen umherlief und kein beschämendes Detail entdecken musste. Ich bildete mir ein, einige Krähen inzwischen persönlich zu kennen; einige ließen sich auf meinem Balkongitter nieder und schauten lange und starr in meine Küche. Meine Mutter sagte oft: Vögel sind die neugierigsten Lebewesen. Im Supermarkt ekelte ich mich vor dem Geruch und dem Anblick von Fleischwurst. Nicht zum ersten Mal nahm ich mir vor, künftig auf Wurst aller Art zu verzichten, vergaß den Vorsatz aber bald wieder. Manchmal nahm ich einen kleinen Zettel und notierte: Keine Fleischwurst mehr – und legte den Zettel auf den Tisch. Frederike lachte mich aus. Die Verkäuferinnen orschelten im Supermarkt herum; sie füllten die Warenregale, sie trugen zurückgebrachte Flaschen ins Lager, sie leerten die Papierkörbe der Kassiererinnen und schauten nach der sogenannten Salatbar.

Als ich zurück in der Wohnung war, knipste ich das Radio an. Ich hörte gern Nachrichten, die ich schon kannte. Wieder hatte es zu viele Karambolagen auf der Autobahn gegeben, in Südamerika waren erneut Flugzeuge abgestürzt, auf dem Rhein waren zwei vollbeladene Schlepper nur knapp aneinander vorbeigekommen. Es beruhigte mich, dass immer dasselbe geschah. Früher dauerten die Nachrichten sechs oder sieben Minuten. Heute war schon nach drei Minuten alles gesagt. Die Müllwagen auf der Straße machten solchen Lärm, dass mich die Zimmerlautstärke meines Radios kaum noch erreichte. Ich dachte ein paar zwar starke, aber sinnlose Sätze, für die ich mich sogleich schämte. Verblüfft erkannte ich, dass ich kaum noch sinnvolle Wünsche hatte, außer einem: Ich wollte erlöst werden. Was sollte ich tun? Ich traute mich nicht einmal, mit anderen Menschen über meinen Wunsch zu sprechen. Einmal hatte ich es versucht, mit einer Frau. Sie war nicht mehr jung; deswegen hatte ich angenommen, sie sei reif für nicht ganz irdische Themen. Aber ich hatte mich geirrt. Die Frau lächelte mütterlich und sagte dann völlig ernst: Sie scheitern auf zu niedrigem Niveau. Dann ging sie weiter; mit halboffenem Mund staunte ich ihr nach.

Ich war froh, dass der Sommer bald vorüber war. Auch ich war schon fast alt, aber mein Blick schien jung geblieben. Nach wie vor spürte ich jede Aufreizung, die als Schauer durch meinen Körper huschte. Im Radio kündigte eine Sprecherin »lebensbejahende Musik« von Mozart an. Ich schmunzelte und fragte mich, was war das jetzt wieder: »lebensbejahende Musik«? Ich wünschte mir, wieder mehr Erlebnisse zu haben, über die ich hinterher hätte reden wollen oder müssen. Aber ich war seit Jahren in dem schwarzen Komplex namens ›Wiederholung‹ angekommen, dem ich mit allgemeiner Sprachlosigkeit begegnete. Allerdings war ich so routiniert sprachlos, dass ich zuweilen glaubte, meine Sprachlosigkeit sei nur gespielt. Ein sprachloser Mensch war immerhin selten und kaum verwechselbar. Die innere Liste der Ereignisse, die nicht eintreten durften, wurde länger und problematischer. Vor allem durfte ich von keinem Schlaganfall und/oder Herzinfarkt überrascht werden. Auch ein Hörsturz oder zu stark verdickte Arterien mussten unterbleiben. Ein früherer Kollege riet mir, ich sollte mir ein Fahrrad kaufen und jeden Tag radeln. Ich sah den Kollegen wortlos an. Ich? Fahrrad? fragten meine Blicke. Nichts geschah. Ich ging nach wie vor die gleichen Straßen entlang, schaute in die gleichen Schaufenster und zuckte vor den gleichen Polizisten zusammen. Ich erinnerte mich an Charlie Chaplin, der der einzige Mensch war, der je vor Polizisten zusammengezuckt war – allerdings nur im Kino. Die Menschen ähnelten Ameisen, obwohl ich von Ameisen so gut wie nichts wusste; ich hatte nur in meiner Kindheit beobachtet, dass Ameisen immer wieder von neuem die gleichen Blumenstengel auf und ab rannten. Wie eine Ameise mied ich starke Schrecken und Begegnungen mit Feinden. Ich stand mal in einem Kino-Foyer und mal vor einem verrotteten Zigarettenautomaten (aus den siebziger Jahren) und mal vor einem alten Opel. Ich sah, wie Leute stehenblieben und sich nach mir umdrehten. Ich hatte tatsächlich keine Erklärung dafür, dass eine Mutter ihr Kind vor mir warnte.